JN106710

# くみ子in ロンドン

KUMIKO in LONDON

青山 玲子
AOYAMA Reiko

文芸社

目次

# 一　メイおばさんの家

「四十九番、四十九番……あっ、ここだわ」

アディソンガーデン通りの一番北の端に、くみ子のめざしていた家があった。

ロンドンの西、シェパーズ・ブッシュの駅から、大きな白いスーツケースと、これまた大きくふくらんだショルダーバッグを肩にかけ、やっとの思いでたどり着いたばかり。

八月も半ばを過ぎて、ロンドンはもう秋のような風が梢を揺らしていた。

道路から三段ほど高くなっている玄関の前に立って、くみ子はブザーを鳴らした。

「イエース」

声はとんでもない所から聞こえてきた。道より一段と低くなっている地下室の古いドアが少し開いて、おばあさんが顔をのぞかせた。鋭いかぎ鼻、細長くつり上がった目、くみ子は一瞬ドキリとした。まるで魔法使いのおばあさんの顔そのもの。

「誰だい？　ああ、ミス・イノだね。ちょっと待っておくれ。そっちへ上がるから」

魔女は顔をひょいとひっこめると、まもなく、くみ子の目の前に姿を現した。思ったよりもずっと小柄で、腰も曲がり、体に似合わない、大きなかば色の靴をはいている。そう、あのチャップリンの映画に出てくる、先のこんもりと丸いどた靴なのだ。

「おやおや大変な荷物だこと。ま、お入り。わたしは、マーガレット・メイスン。この下宿のみんなは、メイおばさんと呼んでいるがね」

メイおばさんは、そう言うと初めて笑顔を見せた。笑うと、鋭い目の光が、たちまち柔らかくなる。

くみ子は初めてほっとし、

「よろしくお願いします」

おかっぱ頭をぴょこんと下げた。

井野《いの》くみ子は、三月に東京の高校を卒業したばかり。中学時代に読んだ、小田実の『何でも見てやろう』に感動し、いつかこの人のように世界中に行ってみようと、心ひそかに思い続けていた。

まずイギリスへと思ったのは、好きな英語の力をつけたいということと、大好きな『嵐が丘』の小説に描かれている、あのヒースの荒野を見てみたいという思いからだった。

東京で生まれ育ったくみ子は、コンクリートだらけの環境と、スモッグにおおわれた空にうんざりしていた。

見渡す限りの荒れ果てた自然の中で、吹きすさぶ風に吹かれてみたい。北風の威力で斜めに伸びた樅《もみ》の木にじかに触れてみたい。

くみ子の荒野への思いは、だんだんとふくらんでいった。

そして、高校二年生の、そろそろ進路を決めなければならない時期になって、くみ子はひそかに決心した。大学へは行かない。イギリスで生活してみよう。一年でも、いえ半年でもいい。

そして、そのことを両親に告げた。

すると予想通りに、二人とも驚き、

「そんな無茶なことは許さない」とか、

「女の子一人で外国へ行くなんて、人さらいに遭う」

などと、時代錯誤なことを言って大反対をした。

でも、くみ子の思いはますます強くなっていった。そして、旅費をためるために、両親に目的を言わずにアルバイトに専念した。親戚の食料品店でのお店番、デパートのジユース売り場の店員、ジョギングを兼ねての新聞配達などなど、できることはなんでもやった。

やっと旅費がたまったのが、高校三年の秋。

両親を無理やり説得したのは、出発の一カ月前だった。オーペアをして生活すれば、下宿代はいらないし、少しの小遣いも得られるので両親からの援助は期待していなかった。

オーペアが、すなわち体《てい》の良い住み込みのお手伝いさんであることに変わりはない。昔、他のヨーロッパ諸国から、子女がイギリスで英語を勉強するかたわら、家事修業を兼ねて家庭に住み込んだのが始まりという。

でも父親は、「そんなに行きたいのなら生活費は援助してやる。そのかわり自立できるくらいの英語力は身につけること」と言ってくれた。

九月の学校の新学期に合わせて、八月の上旬に、くみ子はナホトカ回りのヨーロッパ行きツァーに加わった。横浜の船上から元気に手を振るくみ子を見送った母は、第一便の手紙にこう書いてきた。

『父さんはあの日、一日中ご機嫌斜めで、まるではれものにさわるようでした。でも、あなたの無事を祈っているのは同じです。あなたが涙ひとつこぼさず、あまりに明るく出発してしまったので、お母さんは拍子抜けしてしまいました。とにかく一年間、がんばってきなさい。でも、嫌になったら、いつでも帰ってくること……』

くみ子は、「いつでも帰ってくること」という文字を読んで、かえって、石にかじりついても帰らないと決心した。

なめらかな英会話力と、実際に使える速記の力を身につけるまでは帰ってはいけない。一年で、それがだめだったら、オーペアをしてでもがんばること。そして、荒野だけでなく、いろいろな場所を訪ねたり、さまざまな人に会うのだと、あらためて思った。

メイおばさんは、早速、くみ子を玄関脇の部屋に案内した。

「ジュリー・ラッセルと相部屋になりますよ。ジュリーは今、ヨークシャーに帰省中でね」

「ヨークシャー？　あの『嵐が丘』の？」

「そう、おや、よくご存じで。ジュリーは、演劇学校の学生でね、ジュリー・アンドリユースの出身校さ。ジュリーも二代目のアンドリュースじゃないかって、この下宿の男どものもっぱらの評判さ。わたしは、世の中、そう甘いもんじゃないって、ジュリーにいつも言ってるんだがね」

くみ子は、踊りだしたい気分だった。ヒースの地の出身者で、しかも、『サウンド・オブ・ミュージック』の映画のヒロインをやった女優と同じ学校の人と同室なんて、考えてもいなかったから。

だから、ドアを開けたとたんに、ベッドのそばの作り付けの衣装ダンスの戸が、音を立ててはずれたことも、床の一部が、ミシミシきしんで揺れることもあまり気にならなかった。

この下宿は、高校の文芸部の先輩の敏美さんが紹介してくれた場所だ。ロンドンにいたことがある叔父さんが昔下宿していたという。

そもそも一週間の下宿代が、朝食・夕食付きで七ポンドという安い所はめったにない。

ただ、バスルームが、二十人の下宿人に対して、たった二つしかないことを聞いて、少々おじけづいた。何しろ、百年も経っていると思われる家の造り。バスルームの中には、ところどころ、タイルの剝《は》げかかっている大きな白いバスタブと、木のふたの付いたトイレが、わびしく置かれているだけ。それに、お風呂に三人は続けて入れないこと。出てくるのがお湯ではなくて、冷たい水になるのは、知らないで三番目に入った人が必ず経験することらしい。

くみ子は、その日、早々とベッドに入った。横浜を出てから一週間の旅で疲れきっていた。旅行中は、日本語で済んでいたのでなんとも思わなかったが、ヒースロー空港で一人になったとたんに、自分の英語力が問われた。キリスト教系の中学・高校で、英語の読み書きの力はある程度までついていたが、やはり本場で通用するには程遠い。

ただ、メイおばさんは、さまざまな国や地域の出身の下宿人を扱い慣れているせいか、ゆっくりと、易しい英語で話してくれたので、くみ子にも理解できた。

来る途中の町の中や、バスの中で話されている言葉は、くみ子にとって、まるで宇宙語のようにしか聞きとれなかった。まして、この辺はロンドンの下町である。コックニーといわれる下町言葉は、東京の江戸っ子の言葉と同じように威勢が良い代わりに、特有のアクセントがある。

『ああ、でも無事に着いたんだわ。明日は、早速学校で手続きをしてこよう。それに滞在許可も延長しなければ……』

くみ子は、寝返りを打つたびに、ギシギシと音を立てるベッドの上で、いつの間にかぐっすり眠りに入っていった。


翌朝、カーテンを通して窓からさし込む薄明かりで、くみ子は目を覚ました。上下に上げ下げをする窓だが、四階まであるこの縦に細長い家の中では一番大きく、部屋もその分明るいはずだと、メイおばさんは言っていた。

朝食は七時半からだ。くみ子は、地下にある食堂へ下りていった。

「ほら、急がないと、またクビになるよ。しょうがないね、カーリーは」

突然、メイおばさんの大きな声が聞こえた。くみ子は、びっくりして、一瞬立ち止まった。それから、そうっと食堂のドアを開けると、メイおばさんは、曲がった腰を無理やり起こし、やせた肩をいからせて、もしゃもしゃ頭の男に台所からどなっていた。

そして、トーストとベーコンエッグのお皿を両手に抱えて来て、その男の前にドンと置いた。

「ふぁー、おはようメイおばさん」

男は、大きくあくびをして、カーリーヘアをかきながら、のんびりと答えた。

「ほんとうにしょうがないんだから」

メイおばさんは、またそう言ってから、ドアの隅っこに立っているくみ子に気がついた。

「おや、ジャパニーズレディーは、もうお目覚めかね。さ、カーリーの隣に座っておくれ」

椅子にもたれるように座っていたカーリーは、くみ子を見ると、あわてて座り直した。

「ハーイ、グッモーニング!」

「おはようございます」

くみ子は、くすっと笑いながら急いで返事をした。

〝ギャーッ〟

テーブルの下で、いきなり押しつぶされたような声がした。

くみ子は、思わずテーブルから飛びのいた。

「モリー、モリー、ああ、いい子だよ」

カーリーが、テーブルの下で寝ていた猫のしっぽを踏んだらしい。

「カーリー、いいかげんにおしよ。そら早く紅茶を飲んだら、出かけた、出かけた。アメリカの母さんに、今日は手紙を書くんだよ」

メイおばさんは、猫を抱き上げながら、カーリーに言った。

「メイおばさん、ベーコンがまだないよ。ほらまたモリーなんかにかまって」

「ああ、分かってますよ、リンカーン」

メイおばさんは、窓のそばに座っていた、真っ黒なひげをはやした、アメリカ大統領そっくりの男に、ベーコンエッグを運んでいく。

そのうちに、食堂に通じる階段が、急ににぎやかになってきたかと思うと、次々にいろいろな人が入ってきた。

二メートル近くもあると思われる大柄な男や、眼鏡をかけたずんぐりした男、スーツをきちんと着た男や、ジーンズのひざ小僧が破れたままのヒッピーのような男、みんな男性ばかり。どうやら一階の二つの部屋だけが、女性用であるようだ。それに、もう一つは、今のところ、空き部屋らしい。

くみ子の左隣に座った男が、メイおばさんを見て、こう言いだした。

〝ただ一人畑中に
ただ一人刈りつつ唄う
おお　かの忙しきメイおばさんを見よ
今朝の食事はいかがなものか〟

メイおばさんは、肩をすくめて、また声を張り上げた。

「こら詩人。またつまらない詩を作って。さっさとおあがりよ」

「おお、うるわしきマーガレット」

詩人は、トーストをかじりながら、まだメイおばさんをからかっている。

メイおばさんは、詩人と呼ばれる男にかまわず、次々に席に着く下宿人たちのあいだをせわしなく動き回っている。

くみ子の斜め向かいに座った若い男は、鼻をぐずぐずいわせながら、ミルクティーを飲んでいる。

「おやまあ、また風邪かい？　気をつけるんだよ、ヤングフェロー」

（ヤングフェローって、若いやつって意味だったかしら）

くみ子は、さっきから交わされている、メイおばさんと下宿人たちのやりとりに食べることも忘れていた。

「おや、ミス・イノ、食事は温かいうちに食べるものですよ」

「ええ」

くみ子は、あわててカリカリに焼けているトーストを口にした。

「ミス・イノなんて、他人行儀だぜ、メイおばさん。ウォッチャ・ネイ？」

カーリーが、くみ子に聞いた。

「はあ？」

くみ子は、トーストをぐっとのみ込んで聞き返した。

「カーリー、もっとていねいな言葉をお使い。だから、アメリカンイングリッシュは、軽蔑《けいべつ》されるんだよ、この国ではね」

メイおばさんが言った。

「あなたのお名前は？」

カーリーは、しごくていねいに聞き直した。

「あのー、クミコです。クミコ・イノ」

「オー、クミコ。オーケー」

「別名はそうだね。ビッグ・アイ」

メイおばさんがすかさず言った。くみ子の目は、ほかの人よりひと回り大きいことは確かだ。

カーリーは、片目をつぶって、人なつっこそうに笑った。

くみ子は、さっきからの緊張が少しずつ解けていくような気がした。

カーリーも、リンカーンも、詩人も、ヤングフェローも、皆、メイおばさんがつけた、あだならしい。

（なんだか、おもしろそうな人たち！）

くみ子は、ミルクティーを飲みながら、ほっとため息をついた。

# 二　ルームメイト

くみ子がメイおばさんの家に来てから、すでに数日が経っていた。そのあいだに、学校の手続きを済ませたり、イミグレイション・オフィス（移住局）で、滞在許可を延長してもらったり、毎日何かと出かけていた。

出かけたついでに、いくつかの美術館へも立ち寄った。どこも無料なので気軽に見て回れる。

その中でも、テート・ギャラリーにくみ子は魅力を感じた。十九世紀イギリスのロマン派画家の代表といわれるターナーを初めて知ったのだ。自然描写が多いのだが、その微妙な光と影が時に激しく、時には静寂さにおおわれて、なんともいえない世界を創り上げている。

小さい時に一緒に暮らしていた叔父さんは絵が好きで、よく展覧会に連れていってもらっていた。

テート・ギャラリーに数回出向き、帰りには決まってハイドパークで休んだ。

下宿の人たちは皆、それぞれ仕事を持っていて、朝・晩の食事時に顔を合わせるだけ。彼らの多くは同じイギリス人といっても、スコットランドや、アイルランドの出身者が多い。それに、オーストラリアやカナダからも出稼ぎのような形で来ていることが、少しずつ分かってきた。

同じテーブルにいつも座るのが、カーリー、詩人、ヤングフェローに、リンカーン。

カーリーはアメリカ人で、ビルの掃除人をしながら絵の勉強をしている。

詩人は、デパートに勤めているが、時々てんかんの発作を起こしてメイおばさんをあわてさせる。

ヤングフェローは、大学へ入るための資金稼ぎに工場で働いているという。

リンカーンは、スコットランドのエディンバラ大学を卒業して、エンジニアとして働いている。この家の中でも一目置かれている存在らしい。

こんな事情も、メイおばさんから少しずつ聞いてやっと分かったくらいで、ふだんの彼らのなまりの強い会話には、まったくついていけなかった。

「くみ子、ここの食事に文句はないかい？」

カーリーがある日くみ子に聞いた。

「えっ、モンク？」

「つまり、なんじ、この食事に満足するやいなや」

詩人が、おごそかに言った。

「はっ？」

「食事がおいしいかってことだよ、くみ子」

ヤングフェローが小さな声でくみ子に言ってから顔をぽっと赤らめた。

「え、ええ、おいしいわ」

くみ子はあわてて答えた。

リンカーンは、にこにこしているだけで何も言わない。


こんなことが何回か続いた後で、カーリーが言った。

「よしっ、今度、英語の特訓をくみ子にしよう」

そう勝手に決めると、次の日、ノートと鉛筆まで用意して、くみ子の前に座った。

「さあ、基礎からやってみよう。アルファベットを書いてごらん」

夕食後、みんなはのんびりと食堂の隅に置いてあるテレビを見たり、雑談をする。

くみ子は、戸惑ったように鉛筆をにぎり、思いきって書きだした。

「よし、次は、あいさつの仕方。おはよう。こんにちは。ご機嫌いかが。お目にかかれてうれしいです。……言ってごらん」

みんなが二人に注目し始めた。くみ子は真っ赤になりながら、それでもその言葉をくり返した。

「おい、くみ子の方がずっとクィーンズイングリッシュに聞こえないか？　わたしの耳がおかしいのかな」

詩人が、ヤングフェローに目くばせをしながら聞こえよがしに言う。

「うん、なんだかそんな気がする」

ヤングフェローも小さくうなずく。

「ほんとだよ、まったく。英語の特訓が必要なのは、あんただよカーリー。それにみんなもさ」

メイおばさんが、お皿を片付けながら、大声で言った。

「それはないぜ、メイおばさん」

みんなが、がやがやと言いだした。

「アテーンション!」

メイおばさんは、持っていたお皿を近くのテーブルに置くと、腰に手を置いてどなった。メイおばさんのいつもの説教の始まりだ。

「言葉だけじゃないよ。部屋のドアは、もっと静かに開け閉めすること。とくに十二時過ぎに帰る者はね。それに誰かね、二階のバスにさっき入ったのは。使った後はきれいにしとくもんだよ。次の人のためにさ。ヤングフェロー、たまにはケントの両親に手紙を書いているかね……」

こんな調子で長々とメイおばさんはしゃべり続ける。もっとも、最後まで聞いている者はほとんどいない。部屋に退散していくか、テレビのスポーツニュースにかじりつく。

くみ子の英語の特訓も、そんなことで幕を閉じた。

くみ子は、ケンジントン公園のピーター・パンの像のある池のそばが好きで、よく午後の数時間をそこで過ごすようになっていた。

高校時代の親友の隆子が餞別《せんべつ》にくれた、内村鑑三の『一日一生』をこのところ読み続けている。

隆子は、クリスチャンホームで育った敬虔なクリスチャン。くみ子は、神の存在などありえないと、カトリックの学校に通いながら信仰の面では距離を置いていた。しかし、誰一人心通わせることのできる友もなく、異国の地で過ごしている今、くみ子はいつの間にかこの本のページをめくっていることが多くなっていた。

緑の濃い木々のあいだにのんびりと座っていると、ふっと隆子の姿が浮かんでくる。礼拝中の隆子は、くみ子にとって一時《いっとき》、遠い存在になってしまう。


公園の真ん中にある小さな池の静かな湖面にさざ波が立っていた。寂しさとは違う、何かもやのようなものがくみ子の心をおおっているようだった。

池の向こうのベンチでは、さっきから白髪の紳士がタバコをくゆらせている。

芝生に置かれた椅子の使用代金集めの係員が、のんびりと歩き回っている。

ふと空を見上げると、飛行機雲が見事な直線をつくっていた。東京ではめった見られないコバルトブルーの空だ。

くみ子は、メイおばさんの家に帰ろうと立ち上がった。

「ハロー、くみ子！」

くみ子は、部屋のドアを開けたとたん、はっとした。誰もいないはずの部屋の中に、ブロンドの髪のすらりとした美しい人が立っていたのだ。

「ハ、ハロー。ああ、もしかしてあなたがラッセルさん？」

「そうよ。でも、ジュリーって呼んでね。さっき帰ったばかり。ほら、このカーテン、この部屋にちょうどいいでしょ。ママが作ってくれたの。それから、これはあなたにプレゼント。ダディがスペインへ仕事に行った時に買ってきてくれたヘアバンドよ」

ジュリーは、ふさのついたモスグリーンの素敵なカーテンを片手に抱えたまま、真っ白なヘアバンドをくみ子に差し出した。

「まあ、ありがとう」

くみ子は、想像していたよりずっと無邪気で屈託《くったく》のないジュリーに、たちまち親しみを覚えた。それに、ジュリーの英語は演劇学校へ行っているせいかきれいで分かりやすい。

「ねえ、これから困ったことがあったらなんでも言ってね」

ジュリーはそう言うと、底の高いサンダルをはいたまま、ひょいっとベッドに飛び上がって、今まであった色のあせたカーテンをはずして手早くカーテンレールに新しいカーテンをとりつけた。するとたちまち部屋が生き返るように明るくなった。

それが済むと、自分のベッドのそばの壁に、ベタベタと何やら貼りだした。

サイケデリックなポスターに交じって、絵はがきが数枚。

「くみ子、これ、わたしのボーイフレンドがいるドイツの景色よ。彼、今、ダンサーとして働いているの。ほら、これがそのバリーよ。素敵な人でしょ」

ジュリーは、小さなアルバムを大切そうに取り出した。舞台の上で踊っている長身のバリーは、確かにジュリーとお似合いだ。

「ほんと、素敵な人ね」

くみ子は、一歳しか違わないジュリーに、もう決まったボーイフレンドがいることに内心驚いた。もっともくみ子は、友達の中でも一番そういったことに疎《うと》かったことは確かだ。何しろ一人っ子で、中高と女子ばかりの学校だったから、男子とまともに話した経験も少ない。

「バリーからは、毎日手紙がくるの。もちろんわたしも書くわ」

「毎日？」

「そうよ。でなければ、寂しくて仕方がないもの」

（ふーん、そんなものかしら）

くみ子は、そんな寂しさを自分も味わう時がくるのだろうかとふと思った。

「ジュリー、あなたの故郷のことを聞いていいかしら」

くみ子は、さっきからこのことを聞きたくてうずうずしていた。

「あら、どうぞ」

ジュリーは、まだバリーの写真をながめながら言った。

「ヒースの荒野《ムーア》って、いったいどんな様子なの？　見渡す限り荒れ果てた土地？」

「そんなところね。でもどうして？　あっ、ワザリングハイツの物語のことを言っているの？」

「ええ、あの〝嵐が丘〟のことよ」

「おお、キャサリン、ぼくは君を心から愛している……。わたしもよ、ヒースクリフ、だから行かないで」

ジュリーは、ベッドの上で一人芝居を演じ始めた。

「ああ、くみ子。あなたもエミリ・ブロンテのファンなの？　握手しましょ。わたしもいつかキャサリンを演じるのが夢なのよ」

くみ子は、目を輝かせた。

「わあほんとに？　ぜひ実現させてね」

二人は、思わずしっかりと握手していた。

くみ子は、思いがけないところで同好の士に会い、心がはずんでくるようだった。

いつか、ぜひともヨークシャーを訪れよう。それに湖水地方も、そしてスコットランドも。くみ子は、まだ見ぬ土地への思いで、いっぱいになっていった。

それにしても、それにかかる費用を手持ちのお金でやりくりしなければならない。午前の英語学校の授業料が、一年間で百五十ポンド。午後の速記学校が六十六ポンド。下宿代、交通費が一カ月約三十五ポンド。そう計算してみると、どうしても遠くへ旅をするほどの余裕はない。

でも、両親へ、これ以上の負担はかけられない。

（オーペアになった方がいいだろうか）

くみ子は、心もとなくなった。せっかくジュリーと知り合えたし、このメイおばさんの家の人たちとも、言葉はあまり交わさなくても親しくなりつつある。

ジュリーは、ベッドの上にスーツケースの中身を全部ほうり出して、「これをまた整理するのが大仕事よ！」と、ため息をついている。

（そう、とにかく一学期のあいだだけでも、ここで暮らしてみよう）

くみ子は心に決めた。

## 三　新学期

英語学校と速記学校の授業が始まった。

ベーコンエッグとトーストの朝食を急いで食べ終わると、くみ子は、メイおばさんの家を飛び出していく。

英語学校は、ロンドンの中心、オックスフォード・サーカス駅から歩いて二、三分のところにある。午前の三時間をそこで過ごすと、くみ子は近くのウィンピーというセルフサービスの店で簡単な昼食をとる。お金の節約のために、青い小さなりんごをかじるだけの時もある。果物や野菜はあまり豊富に置いてないが、手のひらに軽く納まる青いりんごは、どこにでもある。

（ちょっと栄養不足？）と思いながら、二時からの速記学校へ向かう。

午前の英語学校はまさに国際色豊かだ。フランス人、ドイツ人、イタリア人はもちろんのこと、北アフリカの石油王国出身のリビア人、アルメニアから亡命してきたという生徒もいる。そして、各クラスに三人はいる日本人。

おまけに担任教師のマイク・アリーは、日本に一年間滞在していたことがあるという。授業の最初の日、ぼさぼさの髪に、よれよれのグレーの背広を着て、マイクは汗をふきふき入ってきた。

「すまん、すまん。わたしの地下室のフラットには朝日がさし込まないので寝ぼうした。それにタクシーに乗る金もない。ま、これからみんなよろしく!」

三十歳過ぎだろうか。不精ひげのはえている顔は、洗ってきた様子もない。ただ、透き通るような青い目だけが、きれいに輝いている。

マイクは、生徒一人一人の名前を読み上げていった。くみ子のところにくると、マイクは思案げに言った。

「今までに受け持った日本の女子生徒は、誰も試験にパスしなかった。君はいったいどうかな。ま、がんばってみたまえ」

「がんばれ、ジャパニーズガール!」

誰かがひやかし半分に言った。

試験というのは、ケンブリッジ大学主催の英語学力テストで、イギリスの英語学校に通う外国からの学生が、まず一番に目標とするものだ。この試験に合格すると、就職にも有利に働くという。

くみ子は、「がんばってみたまえ」というところだけ見事な日本語で言い直したマイクに、ちょっと驚いたが、反発も覚えた。

『いったいどういうこと？　よしっ、何がなんでも受からなければ、日本女子の恥だわ』

くみ子は、マイクの青い目をぐっとにらみ返した。

マイクは、何事もなかったように、次々に生徒の名前と顔を照らし合わせていく。

隣に座ったドイツ人の女子がそっと話しかけてきた。

「わたし、イングボルグ。くみ子といったわね。どうぞよろしく。わたし、オーペアで働いていて、一日おきにしか授業には出られないの。これからわたしが休んだ時のノートを見せてくれない？」

前髪をたらし、大理石のような白い頰《ほお》のイングボルグは、緑色の瞳を気弱そうにまたたかせている。ドイツ語なまりの英語がたどたどしい。

「もちろんよ。遠慮しないでね」

くみ子は、そんなイングボルグにふと気持ちを和らげて、にっこりとうなずいた。

「わたしもよろしく。病院で看護のアルバイトをしているから、遅れることもあると思うの」

二人の前に座っていた、スペイン人のモンティセラが振り向いて言った。細面だが、赤みがかった髪をショートカットにして、いかにも快活そうだ。

「こちらこそよろしく」

「それにしても、あの教師、いったい大丈夫？　あのひげ面、見られたものではないわ」

「そうよ、ほんとに失礼なやつよ！」

三人は、くすくす笑い合った。

「静かに、そこの三人。では、授業を始める」

三人は顔を見合わせて首をすくめた。

マイクは、英文を黒板にさらさらと書いていく。

「さあ、この文章を誰か読んでみてくれ。そうだな、そこの三人のうちの誰か答えなさい」

マイクは、くみ子たちを指さして言った。三人はあわてた。

「ねえ、言える？」

「ちょっとわたしには難しいわ」

「なんとかやってみる」

くみ子は読み書きだけは得意だった。それにくみ子の心に、最初にマイクに言われた言葉がささっていた。

「――あるスコットランド人が言った。

『ロンドンっていい町だ。ただの公園で、ただの音楽が聴け、美術館もただ、画廊もただ。りっぱなレストランへ行って食事をすれば、皿の下にいつも十ペンスぐらいは隠れているから』――これで、いいでしょうか?」

「よろしい。なかなかやるじゃないか、日本女子も」

マイクが満足そうに言った。

イングボルグとモンティセラが、思わず手をたたいた。

「オッホン、手をたたくほどのことでもない。つまり、ドイツ語と、スペイン語、フランス語、そして日本語、もひとつおまけにアラビア語で言えば、こういうことになる」

マイクが、たて続けに五カ国語でしゃべり続けた。それまでざわついていた教室が、水を打ったように静かになった。

ひととおりマイクが言い終わると、教室中が蜂の巣をつついたようになった。

「ブラボー、マイク！」

「そのとおり、先生！」

「マイク、素敵！」

くみ子たち三人も、あっけにとられた。

「静かに！　つまりだな、君たちがわたしの悪口を言っても、すべてこちらに筒抜《つつ》けだということを知らせておくだけだ」

マイクは、にやっと笑うと、そのまま授業を進めていった。

授業は順調にすべりだした。マイクのクラスは、常に笑いに包まれていた。引用する例文から、文法解説に至るまで、イギリス人特有のユーモアを随所に取り入れる。

リビア人のアヴドゥのほかは、ほとんどが何かのアルバイトをしている。中でも、レストランでのお皿洗いが一番多い。

イングボルグもモンティセラも朝はいつも眠そうにしているのに、帰る頃には生き生きとしている。

「わたし、学校へ来ることが楽しみになるなんて、考えてもいなかったわ」

二人は、口癖《ぐせ》のように言った。くみ子もそれは認めざるを得なかった。しかし、時にはわざと意地悪をしているのではないかと思うくらい、難しい問題をくみ子に答えさせるマイク。そして、くみ子の英語はアメリカンイングリッシュだと、そのたびに注意する。イギリス人にとって、アメリカなまりの英語は英語ではないらしい。それに、RとLの発音は、日本人にとって区別するのが難しい。

「くみ子は、Rice（お米）でなくて、Lice（しらみ）をいつも食べているのかね。わたしが日本にいた頃は、確か米だったと思うが。最近の日本の食糧事情も変わってきたようだ」

みんながどっと笑う。くみ子は、マイクに対して、そのたびに反感を覚えていた。

ところがある日、こんなことがあった。

休み時間に学校のキャフェテリアで、くみ子はいつものように、イングボルグにノートを見せながら夢中で説明をしていた。次の授業が始まっているのに気づいた時は、すでに二十分が過ぎていた。

それから二人があわてて教室へ入っていくと、マイクは、にっこり笑って言った。

「ご苦労さま、くみ子。イングボルグ、昨日の内容はよく分かったかい？」

くみ子とイングボルグは、「あっ!」と互いに顔を見合わせた。マイクはそう言うと、二人のために、わざわざ前の方に席まで用意した。

「マイク……」

マイクは、二人の復習のことをいつの間に知ったのだろう。くみ子は、マイクの優しさを初めて感じた気がした。その時から、くみ子の担任教師マイクに対する気持ちが少しずつ変化していった。

くみ子は、学校のロビーに集まる日本人とも親しくなっていった。K大学を一年で休学してきた、小説家志望の九州男児、辻君。W大学を六年かかって卒業した、ジャーナリストの卵の久保さん。ロンドンやパリでオーペアをしながら、四年間も留学生活をしている女性。ビートルズに会いに来たという作曲家をめざす男性。と、さまざまな人たちがいた。

中でも、会社で秘書の仕事をしていたという、同じ東京出身の大杉さんと、くみ子はよく話すようになった。大杉さんは、一週間おきに送ってもらうという日本の新聞をいつも読んでいる。

「ねえ、わたしたちがここでのんびりと過ごしているあいだに、日本では浅間山荘事件とか、とんでもないことが次々に起きているのよ」

大杉さんは、やせて小柄な体から想像もできないような情熱の持ち主だ。市民運動にもかかわっていたらしい。

「わたしたち一人一人が政治に関心を持たなくちゃ、世の中、良くならないのよ」

大杉さんは、口から泡を飛ばすようにして話し続ける。くみ子は、新聞を読むとしても文化欄くらいで、一面や二面は見出しだけを目で追って済ましていた。

「くみ子さん、あなたみたいな人ばかりだから、また日本はおかしくなっていくのよ」

「おかしく?」

「そうよ、日本が今、平和だなんてとんでもないわ」

くみ子は、大杉さんの攻撃するような話し方にたじたじとなりながらも、大杉さんの社会へ向けた大きな目と、ある正義感のようなものにひかれていった。こんなに真剣に世の中を見つめている人がいるという驚きもあった。

「日本だけじゃないわ。このイギリスも例外なしね」

そんな大杉さんが、ひょんなことから、メイおばさんの家の住人になった。

大杉さんがオーペアとして働き始めて一週間目に、突然、くみ子を訪ねてきたのだ。

「もうこりごりよ、オーペアなんて。ろくな食事もさせてもらえないし、掃除のこともいちいちうるさいの。お金が続く限り働かないことに決めたわ」

大杉さんは、空いていた隣の部屋にその日から住むことになった。

それからというもの、夕食が済むと大杉さんは毎晩のようにくみ子たちの部屋へやってきて、おしゃべりしたり、ジュリーを交えてトランプをしたりして過ごすようになった。

土曜日になると、辻君や久保さんもよく訪ねてくるようになり、夜遅くまで、文学や政治の話で時間の過ぎるのを忘れた。

くみ子の生活は、徐々に広がっていった。

# 四　メイおばさんの秘密

十一月に入り、ロンドンはもうすっかり秋の色を濃くし、時には、冬のような厳しい寒さにおそわれた。

くみ子の部屋の窓の向こうに、長屋のようにつらなっている赤レンガの家々が続いている。牛乳屋さんが大きな牛乳瓶を数十本、リヤカーのような手押し車に積んで通っていく。その後から、ごみ集めの馬車がのんびりと行く。

くみ子は、組み立て式の粗末な木の机にひじをついて、ぼんやりと日曜の午前を過ごしていた。

ジュリーは地下のメイおばさんの部屋でおしゃべりしているし、隣の大杉さんはまだ寝ているらしい。五ペンスを入れると四時間は火がついているガスストーブも、そろそろ消えそうだ。

イギリスへ来て四カ月が終わろうとしている。

しかし、くみ子の英語力は、一向に上達していそうにない。

速記の方もだんだん難しくなって、授業についていくのがやっと。ギリシャ出身の太った中年の女性教師は、時々ヒステリーを起こす。

英語学校では、日本人同士がすぐ集まって、気がつくとほとんど一日中日本語で通していることも多い。こんなことでは、この先たとえ何年いても進歩しないのではないか。それに、手持ちのお金も予想したより早くなくなっていく。それは一番心細いことだ。両親に、必要以上の負担はかけたくない。

くみ子は、オーペアをしようかどうかとずっと迷い続けていた。オーペアで働けば、イギリスの家庭の様子も知れるし、それに何より、毎日英語を話さざるを得なくなる。そして、平均、週五ポンドの収入も得られるとなれば旅費もできる。

ただ、大杉さんをはじめ、オーペアの経験者は、異口同音に、その大変さを言う。小さな子どもがいたら、その子にかかりっきりになり、勉強どころではないこと。家によっては、まるで召し使いのようにこき使われることなどなど。いろいろ嫌なことばかり聞かされると、やはり二の足を踏んでしまう。

オーペア募集の広告がたくさん載っているイヴニング・スタンダード紙の求人欄をな

がめながら、くみ子は深いため息をついた。

と、そこへ、

「くみ子、いい知らせよ」

ジュリーが、ドアを勢いよく開けて入ってきた。

「メイおばさんがね、くみ子に手伝ってもらいたいんだって。ケティーは、お母さんの看病で当分帰ってこられないし、食器洗いと後片付けくらいなら、そう疲れないだろうからって」

「えっ、それほんとう？　やってみようかしら」

くみ子は、思いがけないアルバイトの話に飛び上がって喜んだ。

ケティーは、メイおばさんの仕事を手伝っている大柄な独身女性。いつもピンク系の洋服に身を包んで、丸い縁の度の強い眼鏡をかけている。まるで動作がのろくて、失敗もしょっちゅう。せっかちなメイおばさんにいつもどなられている。このあいだも殻のまざった卵焼を作って、下宿人の皆から、ぶうぶう文句を言われた。

「うるわしのケティーよ、われの繊細なる胃袋を、この悪魔の卵焼でほろぼすつもりか」

と、詩人はいつもの大げさな口調で言い放った。

「すんまねえ」

ケティーは、大きな体を折り曲げるようにして謝った。台所から出てきたメイおばさんも、

「ほんとに申し訳ない。わたしに免じて許してくださいよ、皆さん」

こんな時は、メイおばさんも小さくなっている。

（お皿洗いくらいなら、わたしだってできる。メイおばさんと話す機会もふえるし、旅費もためられる。この分だったら、このままここで生活を続けられるかもしれないわ）

くみ子は、早速翌朝から働くことになった。

七時の目覚ましの音に飛び起きて、あわてて台所へ下りていくと、香ばしいトーストのにおいが台所にあふれ、メイおばさんはもうせっせと働いていた。

「おや、くみ子、よく起きられたね。グッドガール。さ、まず食事を済ませておしまい、仕事はそれからさ」

くみ子は急いで食事を終えると、早速自分のお皿から洗い始めた。

「くみ子、なかなか手慣れているじゃないかね」

メイおばさんが感心したように、くみ子の手許を見ながらうなずいた。

「おっと、洗剤で洗ったら、そのまま拭《ふ》いていいんだよ。わざわざ水洗いすることはない。十分、ばい菌は取れたんだからね」

くみ子はもう少しでお皿を落としそうになった。洗剤を洗い流さないお皿で今まで食べていたのかと思うとぞっとした。

(でも、この際、目をつぶろう。水洗いの手間が省けるのだから)

くみ子はそう思いながらも、二枚の小皿をぴかぴかに磨き上げた。

そのうちに、下宿人たちが次々に下りてきて、くみ子の仕事はいよいよ忙しくなってきた。

「あれっ、くみ子、いったいどうしたんだい?」

カーリーが、台所をのぞいてびっくりしたように言った。

「えっ、なんだって?」

ヤングフェローと詩人が同時に言った。

「くみ子が、お皿洗いをしているようだ」

ふだん、ものに動じないリンカーンまで驚いている。

「ごらんのとおりだよ、みんな。自分の食べたお皿くらい運んでおくれよ。くみ子は新米なんだからね」

メイおばさんが、ミルクジャーをテーブルに運びながら言っている。

「お皿を割るなよ、くみ子。一枚でも割ったら、メイおばさんに首つりの刑に処せられるぜ」

カーリーが台所までお皿を運んでくると、手で首をしめるまねをしてから、急いで飛び出していった。やがてジュリーと大杉さんも下りてきて食事を終えると、少しずつお皿拭きを手伝ってくれた。


それから、二、三日経ったある日のこと、小さな事件が持ち上がった。二カ月目に入っても下宿代を払おうとしない男を、メイおばさんが朝早くに追い出したのだ。

「これ以上、この家に居座るつもりなら、警察を呼ぶよ！」

男はこの一カ月のあいだ、ほとんど外出もせず、メイおばさんも、うすうすおかしいとは思っていたらしい。食事にも、いつも一時間近く遅れてきて、メイおばさんにどなられていた。

くみ子も寝ぼうして遅れた時は、トーストしか食べられなかったくらい、メイおばさんは時間にうるさい。

玄関の前で、しゃんと腰を伸ばし、仁王立ちで男をにらみつけているメイおばさんは、堂々とした下宿屋の女主人。

リンカーンと詩人がそれとなく様子をうかがっていて、いつでも飛び出していける用意をしていた。

アルコールでも入っていたのか、男はしばらく悪態をついた後、

「へん、ユダヤ人のばあさんめ、さっさとこんなところ、出てやらあ！」と最後に言った。

メイおばさんは、一瞬ぎょっとしたように目を見張ったが、何も言わずに、ドアの方へ顎《あご》をしゃくった。男はせせら笑いを浮かべ、ふらつくような足どりで出ていった。

メイおばさんは、何事もなかったように、リンカーンと詩人に「ありがとうよ」と言うと、台所へ下りていった。

リンカーンと詩人は、黙ってうなずくと、部屋へ戻っていった。

くみ子はメイおばさんの後に続きながら、急に十も年をとったようなその後ろ姿が気にかかった。

その日の午後、速記の授業を終え、四時に帰ったくみ子は、六時までに洗濯やら、勉強のおさらいを済ませ、地下室へ下りていった。

メイおばさんは、ふうふう言いながらマッシュポテトを作っていた。

「くみ子、バターをこの中へ入れてくれないかね。それから、このボウルをしっかり支えていておくれ」

メイおばさんは、やせこけた手を器用に回しながら、ふかふかに湯気の上がったじゃがいもを、次々に、とろけるようなマッシュポテトに仕上げていく。

「小さい頃、よくお母さんを手伝って、こんなふうにマッシュポテトを作ったものさ」

メイおばさんは、ふと遠くを見るように言った。

「あら、メイおばさんの故郷はどこでしたっけ？」

くみ子は初めて、メイおばさんの出身地をまだ知らなかったことに気がついた。そういえばジュリーも、メイおばさんの身の上について詳しく話してくれたことはない。

「オーストリアさ。くみ子と同じ、ロンドンでは外国人だよ」

「まあ、オーストリア」

「そう、ロンドンへ来たのは、船の中であの人と知り合った三十年前さね」

メイおばさんは、かがめていた体をぐっと起こして言った。

「ああ、あの船が運命の出会いさ」

そう言いながら、メイおばさんはくしゃっと笑った。しわだらけの顔が、そんな時は、まるでいたずら好きな女の子のようになる。

「三十年前というと、ちょうど戦争中かしら。どうしてイギリスへ？」

「ああ、それはねー」

メイおばさんの顔から笑いがさっと消えた。と、その時、階段の上のドアがドンドンとたたかれ、

「メイおばさん、腹が減ったよ、まだかい？」

と、カーリーやほかの二、三人の大きな声がしてきた。

「おや、大変だ。おおかみどものお帰りだ。急げ、急げ」

メイおばさんは、何かを振り払うように、食堂の四つのテーブルに次々と料理を並べていった。

皆の食事も済み、メイおばさんの説教も終わると、くみ子はお皿洗いを始めた。今ま

でのように、のんびりとクラッカーやチーズを食べながら、食後のテレビを楽しんではいられない。夕食の食器の数は、朝食の三倍はある。全部洗い終わる頃には、首も肩も背中もすっかりこちこちに固くなっている。

メイおばさんが、どんなに大変な仕事をしてきたか、あらためてくみ子は思った。

台所の隅の椅子に、気が抜けたように座り込んでいると、メイおばさんの昔のことがまた、ふっと気になってきた。

「くみ子、ご苦労さん。少し、わたしの部屋で休んでいくかね」

メイおばさんが、エプロンで手を拭きながら言った。

「とっておきのクッキーもあるからさ」

くみ子は、喜んで招待に応じることにした。メイおばさんの部屋は、台所の隣にある。鉢植えの緑の植物が、窓際に所狭しと並んでいた。暖炉には薪がくべられ、赤々と燃えた火が、部屋中を温かく包んでいる。猫のモリーは、メイおばさんのベッドの上で気持ち良さそうに寝そべっている。暖炉の上の白い壁一面には、小さな額に入った写真がたくさん飾られていた。

「ほら、これがわたしの夫。なかなかのハンサムだろう?」

メイおばさんは、にこにこしながら言った。

「そして、これがわたしの息子。今、大学で物理を教えている。まだ講師だがね」

くみ子は、意外に思った。先生ということは誰からか聞いていたが、まさか大学とは思いもよらなかった。

「この子は小さい時から、わたしたちの自慢の種だった。ちょっと体が弱かったけれど、この子のおじいさん—わたしの父親だけどね—にそっくりで、頭が良くて、成績は学校でずっと一番さね。両親に、この子を一度でも抱かせてやりたかったよ。あの戦争さえなければね」

「戦争って、第二次世界大戦のこと?」

「そう、わたしたちは、ユダヤ人なのさ。くみ子、知ってるかね。ユダヤ人がこの世界でどんなふうに扱われてきたか。いやいや、くみ子には、分からないだろうよ。とにかく、わたしの両親は殺されてしまった。ただユダヤ人というだけでね。わたしは運良く、知り合いの人たちの助けでイギリスまで逃げることができた。ほんとうに運が良かったのさ。それでも、イギリスへたどり着くまではつらい思いをした。スイスやイタリアやフランスと、しばらく放浪の旅を続けたよ。ドイツのナチス軍の力がどこへ行っても強くて、安心して暮らすことができなかった。だが、しばらくすると、イギリス政府が、わたしたちを受け入れてくれることになったんだ」

　おばさんの話はこうだった。

　フランスのカレーの港から、イギリスに向けて出発した船の中のこと。若かったおばさんとほかの人たちは、船室に向かって、ぞろぞろ歩いていた。

『おいっ、ユダヤの娘っ子、さっさと歩け！』

　いきなり兵隊がおばさんにどなった。お酒のにおいがぷんぷんしていた。おばさんはその時、旅の疲れですっかり体が弱っていた。口をきく元気もなかった。

『なまいきなやつめ。返事ぐらいしろっ！』

　男はおばさんを思いっきりつき飛ばした。おばさんは、もう少しで甲板から海の中へ落ちるところだった。

『暴力はやめたまえ』

　その時、一人の若い男がつかつかっと近づいてきて、兵隊の手をねじ上げた。

『何をするっ！』

　兵隊は、赤ら顔をますます赤くしてわめいた。

『女性に手荒いまねはするんじゃない！』

『女性だと？　このユダヤの娘っ子が？　へんっ。もう少しで死にそうなブタじゃないか。きさまもユダヤ野郎か！』

『わたしはイギリス人だ。だが、この人たちもわれわれと同じ人間だよ』

『ふん、よけいな口出しをするな！』

若い男は、そんな兵隊を無視して、おばさんを抱き起こしてくれた。

『大丈夫ですか？　おっ、足をけがしたようですね』

右足首が、うっすらと赤く腫れ上がっていた。

『しばらく、わたしの船室で休んでいきなさい』

若者はそう言うと、おばさんを支えるようにして、自分の船室へ連れていってくれた。

おばさんは疲れきっていて、椅子に腰かけたとたん、そのまま気を失ってしまった。目を覚ました時は、もうイギリスのドーバーの港が見えるところまで船は進んでいた。

『ああ、気がつきましたね。気分はどうですか？』

『まあ、わたしはあのまま？　ほんとうにありがとうございました。おかげさまで疲れも少しとれたようです』

『そう、良かった。わたしはエンジニアです。フランスでしばらく働いていたのですが、世の中の動きが少しおかしくなってきたので、国へ帰るところです。あなたはこれからどうするのですか？』

『とくに決まっていないのです。両親は死にましたし、兄弟もいません。当分は、難民収容所で生活できると思うのですが――』

『そうですか。もしよかったら、わたしの故郷のウェールズで暮らしてみませんか。のんびりとしたいいところです。父は牧場を手広くやっています。あなたに向いた仕事があるでしょう』

『まあ、ほんとうですか。夢のようです。ぜひそうさせてください』

『それがいい。わたしはたぶん兵役につくことになるでしょう。あなたが家にいてくれたら、両親も寂しくなくて済む。よし、決まった』

おばさんは、ほんとうに天にものぼる気持ちだった。

『ほらっ、あの白い岩壁がドーバーの港だ。もう君は逃げなくていいんだ。わたしの国で思いっきり生きていくんだ』

若者は、船室の丸窓から懐かしそうに港をながめながら、かみしめるように言ってくれた。

おばさんは、若者の肩幅の広い、逞しい背中を見つめながら、心が綿菓子のように溶けていくのが分かったという。


「そう、わたしは、その若者、スティーブ・メイスンに恋をしてしまったんだよ。分かるかね、くみ子。そんな気持ちが、オッホン」

くみ子は、息を殺すように聞いていた。

「わたしは、スティーブの両親の家で暮らすことになった。二人ともほんとうにいい人たちだった。素朴で、働き者で。わたしの身の上を詳しく聞こうともしないで、体の弱いわたしのために、家の中の簡単な仕事を与えてくれた。

スティーブは、三カ月もすると兵隊にとられていった。スティーブからは、頻繁《ひんぱん》に手紙が届いた。わたしもせっせと返事を書いた。そして毎日祈っていた。

『神様、どうぞ彼がわたしのところへ、ふたたび戻ってきますように。彼をお守りください』ってね。

わたしの願いは、かなえられた。戦争が終わり、スティーブは無事にウェールズに帰ってきた。まるで幽霊のようにやせ細ってはいたが、どこも怪我もせずに帰れたんだ。

そして、わたしに、

『マーガレット、わたしは、君がいたから生き抜いてこられた。あの船で君を一目見た時から、君のことを愛していた。これからも一緒に生きてくれないか』

その晩、スティーブはこう言って、プロポーズしてくれた。ああ、今でもあの時のことを思うと、胸がどきどきしてくるよ。わたしは、この人のそばにいられるんだ。もうほんとうに逃げ回らなくて済むんだ。その夜はあんまり幸福で、わたしは眠れなかった。生まれて初めてだったよ、そんなことは。

それからまもなくして、ささやかな結婚式を済ませると、スティーブとわたしはロンドンに出てきた。スティーブの仕事の都合でね。ああ、あれから三十年も経つんだね。あの人が天国に召されてから、この下宿屋を始めてもう十年。よくやってきたものさ」

「さあ、くみ子、これでわたしの話はおしまい。つまらないことを言ってしまったね」

くみ子は、言葉もなくメイおばさんを見つめていた。

この小さくやせこけたメイおばさんの体と心の中に、たくさんの悲しい出来事が秘められていたのだ。

「だがね、くみ子。今だってそう変わりはないのさ。そう、ユダヤ人である限りね。それだけで、無視されるか、軽蔑《べつ》されるか、そのどっちかだ。でも、わたしは負けなかった。わたしの夫もそんなわたしを愛してくれた。だから一生懸命生きてきたよ。殺された両親の分もね」


くみ子は、速記学校でいつも隣に座る、エジプト人のアンナのことを思い出した。速記学校は、英語学校と違って、イギリス人をはじめとして、昔のイギリスの植民地であったインドやアフリカ出身の人もいた。ただ東洋人は少なく、くみ子のクラスでも、日本人は、くみ子一人だった。

みんなは、英語を流暢に使いこなしていて、速記の力もどんどん身につけていく。ヒステリックな女教師は、間違いの多いくみ子にいつもいらいらしていた。

「あまり消しゴムは使わないように」と言って、テスト中にくみ子の消しゴムを取り上げてしまったこともある。くみ子は、情けない思いでいっぱいだった。そんなくみ子に話しかけてきたのがアンナだ。

「ねえ、日本の話を聞かせて。国の兄さんは、大の日本ファンなのよ」

くりっとした丸い目が、人なつっこく笑っている。

くみ子は速記学校へ通い始めてから、初めてほっとするものを感じた。それまで黒い肌の人には、なんとなくなじめないでいたのも確かだ。


アンナはそれ以来、くみ子に何かと話しかけてきて、くみ子が分からない単語など、それはていねいに教えてくれた。

「ねえ、アイ・ラヴ・ユーって、速記で書ける？　わたし、一番先に覚えたわ」

アンナは、くったくのない明るい十八歳の女の子だった。

でも、くみ子は知っていた。白い肌の人たちは、なんとなくアンナや、ほかの黒人のクラスメイトを避けていることを。彼女たちは彼女たちで固まって休み時間など、おしゃべりに花を咲かせている。

「くみ子、アンナのどこがいいの？」

速記のテストで点をつけ合ったのがきっかけで話しかけてきたイギリス人のスザンナが、ある日、くみ子に言った。

「アンナは、いい人だわ」

くみ子は、そう言うしかなかった。スザンナは、あきれたように肩をすぼめてみせた。

「くみ子、さあクッキーをおあがり。そうだ、明日はカレーライスを作ろうか。久しぶりにお米の料理をしようかね」

メイおばさんが、そう言って、くみ子の前にきつね色に焼けた、おいしそうなクッキーを差し出した。

くみ子は、胸にこみ上げてきたものを抑えるように、あわててクッキーを口に入れたからたまらない。ゴホゴホせき込んでしまった。

「このあわて者、クッキーはどこへも逃げていきはしないよ」

メイおばさんとくみ子は、一緒にぷっと噴き出すと、目に涙を浮かべて笑いころげた。

その夜、メイおばさんの部屋の明かりは、いつまでも明るく灯っていた。

# 五　くみ子のおじさん

「だから言わないこっちゃない。雨の中を平気で歩いてくるんだから。どこかの軒先に十分も雨やどりしていれば、じきに止むっていうのにさ。イギリスの気まぐれな雨をまだ知らないね、この子は」

メイおばさんは、くみ子の氷まくらを替えながら言った。

くみ子は、イギリスへ来てから初めて病気になった。髪の毛を洗った後、散歩がてら買い物に行った帰りに、スコールのような雨に遭ったのだ。翌朝、くみ子の熱っぽい顔を見たメイおばさんは、早速かかりつけのお医者さんへ、くみ子を連れていった。

熱は三十八度もあった。口ひげをはやした長身の医者は、安静にしているように言って処方箋をくれた。メイおばさんは早速近くの薬局で薬を買ってくると、くみ子を部屋に閉じこめた。

「さっ、この熱がすっかり下がるまで外へ出ちゃだめ。学校へ行く気なんぞ起こしたら、部屋の外から鍵をかけるからね」

　そういったわけで、くみ子はこの二日間ベッドに寝たきりだった。メイおばさんの仕事の手伝いは、ジュリーと大杉さんが交替でやってくれることになった。

「くみ子、とってもいいものあげる」

　ジュリーが、夕食の後のお皿洗いを終えて部屋へ入ってくるなり言った。ジュリーの手の中に、手紙らしいものが見えた。

「なんだか当ててごらんなさい」

「日本からの手紙、そうねっ。早くちょうだい」

　くみ子は、のどの痛みも忘れたように大きな声を出した。

　部屋の中に閉じこもったまま、ただ、窓の外の赤くすすけたレンガの屋根と、ほんのちょっぴりとしか見えない、ねずみ色の空をながめているしかなかったくみ子だ。

　もぎとるように手紙を受け取ると、もどかしげに封を切った。それは父清からの手紙であった。

「くみ子、どうしたの？」

　じっと息を殺すように手紙を読んでいるくみ子を気づかって、ジュリーが聞いた。

「ジュリー、重大ニュースなの」

くみ子は、声を絞り出すように言った。


『くみ子、元気かね。こちらは皆、無事でいる。

さて、今日は、くみ子にやってもらいたいことがあって、ペンを執《と》った次第。

くみ子には話したことがなかったが、わたしには、腹違いの十歳年上の兄がいた。外国航路の船員として働いていたのだが、四十年ほど昔、南米へ寄港した折、そのまま行方不明になってしまった。冒険好きの男だったので、自由な生活にあこがれたのだろう。

五年ほど経った頃、突然イギリスから便りがあった。わたしもイギリスへ来るようにと書いてあった。二人で何か新しい仕事をやろうというのだ。わたしも大いに関心を持ち、何度か手紙のやりとりをしていたのだが、二年目頃から手紙もとだえた。

その当時、大使館に問い合わせたりして八方手を尽くしたのだが、戦争などもあって、まったく行方はつかめなかった。ずいぶん前のことだったから、くみ子がイギリスへ行きたいと言いだした時も、このことを話すことさえ思いつかなかった。兄のことはすっかり諦めていて、忘れかけてもいたのだ。

ところがアヤおばさんがこのあいだ、突然倒れた。脳溢血だった。今、小康状態だが、どうも危ないらしい。先日、見舞いに行った時、くみ子に兄さんの消息を調べてもらうよう手紙を出してほしいとたのまれた。アヤおばさんと兄さんは、子どもの時から仲が良かった。アヤおばさんの心の中には、ずっと生き続けていたのだろう。

もしかしたら、何かの手がかりはつかめるかもしれない。あの当時と状況も違うからね。兄の名前は、井野森吾郎《いのもりごろう》だ。

くみ子も体にはくれぐれも気をつけて。父より』

くみ子は、手紙の内容をかいつまんでジュリーに話した。風邪をひいていることもすっかり忘れ、くみ子はベッドから起き上がっていた。ジュリーは、うなずきながら聞いていたが、

「くみ子、これはロマンよ。素敵だわ」

と、瞳をきらきらさせながら叫んだ。

「でも、何十年も前のことが分かるかしら」

くみ子は、おかっぱ頭を傾けながら、途方に暮れたように言った。

「まず始めてみるのよ。一歩でも歩きださなければね」

ジュリーがうなずきながら言った。

「そうね、アヤおばさんのためにも。それに、このおじさんのためにも。ねえ、まだこのイギリスのどこかで生きているかもしれないのね」

「うーん。でも、くみ子、それはどうかな。生きているとしたら、日本の弟のところへ連絡がいったでしょうし。そうだ、くみ子、まず大使館へ行ってごらんなさい。でも、まずその前に、あなたの風邪を治すこと。ほらほら、ちゃんと毛布をかけて休むのよ」

くみ子はベッドにもぐり込むと、手紙を何度も読み返した。

森吾郎というおじさんがいた。そして、このイギリスで暮らしていた。くみ子は驚きを通り越して、なんだか不思議な気持ちになっていた。

もしかして、日本を恋しがっていたおじさんの魂が、くみ子をこのイギリスへ呼び寄せたのかもしれない。そう、なんとしても、おじさんの行方を探し出そう。

くみ子は、ベッドの中で、まだ熱のある体を持て余しながら、ひそかに心に決めた。

くみ子の風邪は思ったより重く、それから五日間も部屋に閉じこもるはめになってしまった。一つには、ジュリーと毎晩のように、くみ子のおじさんのことをあれこれ話し合っていたせいもある。

もしかして、イギリス人の女性と結婚して十人も子どもができて、どこかの田舎でゆうゆうと隠居暮らしをしているのかもしれない。それとも、ロマの群れに入って、ヨーロッパ中をさまよって暮らしていたかもしれない。いやいや、海賊の仲間に加わって、海の上で壮絶な戦いをして死んだのかもしれない。次から次へと、二人は勝手な想像をして楽しんだ。

このことは、まもなく下宿人のあいだに知られていった。カーリーは、

「ああ、冒険野郎か！　おれの夢だ！　きっと海賊になったのさ。だけど、くみ子のおじさんなら、下っぱの海賊だな。〝はい〟、〝いいえ〟としか言わないでさ」

「いや意外と船長さ。〝よしっ〟、〝だめだ〟この二言で済ませる、太っ腹の船長」

詩人がお腹をつき出して、パイプをくゆらせるまねをした。

「いや、貴族にでもなって、スコットランドの古い城でも買い取って住んでいるかもしれない。とにかく日本人の才能は、ばかにならない」

リンカーンが、めずらしくみんなの話に加わった。

「何を勝手なことを言ってるんだい。くみ子のおじさんのことだ、地道に暮らして天国

に召されたよ」

メイおばさんが、ごくあっさりと言い切った。


やがてすっかり健康をとり戻したくみ子は、学校へ行けるようになった数日後、日本大使館を訪ねることにした。

大使館は、ピカデリー通りから南へ歩いて十分ほどのところにあるという。

くみ子は地図を片手に、一つ一つの建物の番号を確かめながら歩いていった。イギリスの建築物には必ず、目につきやすい場所に番号が記されているので、通りの名前とその番号さえ分かれば、よほどの方向音痴でない限り目的地に着くことができる。

「W1、W1、あっ、ここだわ」

日本大使館は、周りの建物と変わらない、こぢんまりとした古い石造りの建物の中にあった。

入ってみると、日本からの旅行者らしい人が一人、ロビーで日本の新聞を読んでいる。ほかに人影もなく、ひっそりとしている。

くみ子は、なんとなく気後れしながら奥のカウンターへ向かった。

（こんな相談に乗ってくれるかしら。四十年も昔のことだし……）

カウンターの向こうでは、女の人が一人で何か書きものをしていた。人の気配を感じてその人は顔を上げた。

「何かご用ですか？」

髪を後ろに束ねて、金縁の眼鏡をかけた日本女性だ。

「え、えー、あのー」

くみ子はますます気後れを感じて、ドアの方へ逃げ出したくなった。

「何かお困りでも？」

女の人は、そんなくみ子をいぶかしげにながめながら言った。

くみ子は、肩から提げたバッグにふと手が触れた時、中にある父からの手紙を思い出した。くみ子は急いでその手紙をバッグから出すと、さっと女の人に差し出した。

「すみません、読んでみてください」

「まあ、どういうことかしら、よろしいの？」

女の人は、きつねにつままれたような顔をしながら手紙を読み始めた。

「分かりました。しばらくお待ちください」

女の人はざっと目を通すと、初めてくみ子に笑顔を向け、カウンターの後ろの部屋へ消えた。

くみ子は、あの笑顔はどんな意味だろうと少し不安になりながら、何気なくロビーを見回した。新聞を読んでいた人もいつの間にかいなくなって、天井の高いロビーがなおさらガランとして見える。一週間前の日付の新聞が木のテーブルの上に、無造作に置かれている。

「井野さん」

くみ子は、久しぶりに自分の名字で呼ばれて、はっとわれに返った。

カウンターのところには、ダークスーツをきちんと着こなした、頭の毛の薄い、初老の男の人が立っていた。

「お待たせしましたな。ちょっとこれをご覧なさい」

男の人は、なんだか巻物のようなものを、カウンターの上に広げた。

「これは、イギリスで亡くなった方々の名簿です。あなたのお探しの方の名前とこの人がよく似ているのです。もしかして記録する時に誤って書かれたかもしれません」

くみ子の心臓の鼓動が急に速くなった。

——井森五郎、昭和十七年死亡。東京都出身——

男の人の太い指の先に、黒い墨ではっきりと記されている。井野森吾郎というおじさんの名前とは名字も漢字も違うが、ほかに東京都出身の人も、似たような名前の人もいない。

「そ、そうかもしれません」

くみ子はうわずったように言った。

男の人は、えびす様のようににっこり笑って言った。

「わたしは大使です。この名簿に載っている方々は皆さん、日本人墓地に葬られていらっしゃいます。ここにこうやって記録されているのはまだいい方です。戦争を経ていますからな。誰にも知られずに亡くなった人も大勢いるはずですよ。でも、あなたのように訪ねてくる人はめったにいません」

「わたしの父は、当時こちらに問い合わせても分からなかったと言います」

「いや、この名簿ができたのは、そう古いことではないんですよ。いろいろな情報を集めてまとめたのが戦後ですからな。しかしよく似た名前だ。うん、あなたの伯父さんと考えてもいいでしょうね」

「ここに載っている人たちが、どんな暮らしをしていたかも分かりますか？」

「残念ながら、その記録まではありませんな。あの時代にこちらへ渡ってきたのですから、それぞれが、そうとうな苦労をしていると思いますよ。とにかく一度、墓参りをしておあげなさい。わたしは毎年、お盆の時期に墓参りをしています」

くみ子は誠実そうな大使の言葉に思わずうなずいた。そしてお墓のある場所を聞き、礼を述べると大使館を後にした。


おじさんは、スコットランドで暮らしているわけでも、海賊になったわけでもないようだ。

くみ子は、日本から遠く離れたこのイギリスで、肉親に知られることもなく亡くなったおじさんのことを思うと、胸がしめつけられるような気がしてきた。人でごった返すピカデリー通りを歩きながら、くみ子は今まで感じたことのない寂しさをかみしめていた。

突然、くみ子の肩をポンとたたく者がいた。ぎょっとして振り返ると、担任教師のマイクが、パンフレットのようなものをたくさん抱えて立っていた。

「ぼんやり歩いていると、どこかへ連れていかれるよ」

マイクは、黒革のジャンパーの下に白のタートルネックのセーターを着ていて、いつもよりずっと若々しい。それに教室では見せたこともない優しい笑顔を向けている。くみ子は、なんだかとても懐かしい人に会ったような気がした。

うっすらと目に涙を浮かべているくみ子を見て、マイクがまた聞いた。

「いったいどうしたんだ？」

くみ子は、今までのことを詳しくマイクに話した。

「ふーん、そういうことか。そうだ、明後日は日曜日。今日中にこの仕事は片付けて、その日本人墓地へぼくもついていってやるから、お墓参りをするといい」

「ほんとうですか？　ありがとうございます」

くみ子は、思いがけないマイクの申し出に戸惑いながら、心がぱっと晴れる思いがした。

「でも、仕事って、何をなさっているのですか？」

「いや、大したことではないさ。じゃ、日曜日、九時にオックスフォード・サーカス駅の改札口で待っていてくれたまえ。遅れないで行くつもりだよ」

マイクは、そう言い残すと、道の向こう側で、同じようにパンフレットを手に抱え、道行く人々に配っている三人連れの方へ急いで行った。そのうちの一人が、久保さんによく似ている気がして、くみ子は首をかしげた。

(久保さん、確か取材旅行に出かけると言っていたけれど、いつロンドンへ帰っていたのかしら)

マイクとのことだって、久保さんの口から今まで聞いたこともない。人違いだろうと、くみ子は思って帰りを急いだ。

日本人墓地は、ロンドンでもずっと北のはずれにある。二回も地下鉄の駅を乗り換えなければならない。地下鉄の薄暗い長いエスカレーターで上りながら、くみ子は、マイクに来てもらってほんとうに良かったと思った。

イングボルグとの小さな出来事以来、くみ子のマイクに対する感情は、ずっと和らいでいて、積極的に教室で質問までするようになっていた。

マイクは、くみ子のテスト用紙に日本語で注意を書いたり、「あっ、雪が降る!」と突然日本語で授業中に言ったりする。

くみ子がびっくりして窓の外を見ると、確かに雪がちらつき始めていた。

「雪が降ってきた」が正しい日本語です、と机のあいだを回ってきたマイクに、そっとくみ子は言えるようにもなっていた。


電車の中は、日曜日のせいか、あまり乗客はいない。雑誌をめくっているイギリス紳士、赤ん坊をあやしているインド人の母親、おしゃべりに夢中の恋人同士らしいアフリカ系のカップル。それに、くみ子とマイク。

なんだか、ロンドンの町を彩っている人たちの見本のような光景に、くみ子はくすっと笑った。

「どうした？」

マイクは、まだ眠そうな目をこすりながら言った。

「いいえ、なんでもありません。それより、おじさんがいた頃のロンドンは、どんなだったでしょう。日本人なんて、それこそめずらしかったでしょうね」

「そうだね。悪い予想を立てれば、人間として見てもらえなかったかもしれないよ。ぼくだって日本の田舎へ行った時は、まるで宇宙人がやってきたように、じろじろ見られたものさ。肌の色が少々違うだけなのに、おかしなものだね」

くみ子もうなずいた。

「ミル・ヒル・イースト。あっ、くみ子、ここだよ」

マイクが、あわてて席を立った。くみ子も急いでその後から電車を降りた。

駅前は静かな住宅街になっている。二軒長屋のような建て方の家が、道の両側にずっと続いている。出窓には、鉢植えの赤や白の花がこぼれるように咲いていた。

「うん、この道をここまで行ってから、右に曲がればいいんだな」

マイクは地図をにらみながら歩き始めた。くみ子も通りの番号を確かめながらその後に続いた。

ロンドンにはめずらしい青空が、二人の上に広がっている。十五分も歩いたろうか、通りを右へ曲がったところで、急に長い塀に囲まれた場所に出た。

〝ヘンドン・セメトゥリー〟、塀のそばに、そう書かれた標識が立っていた。

「ここ、ここですね」

「うん、確かにここらしい」

塀沿いに少し歩いていくと、鉄の扉がついた入り口があった。守衛小屋には誰もいない。

「よしっ、入ってみよう」

白い十字架のお墓が、整然と続いている。

「ほんとうに日本人墓地があるのかしら？」

くみ子は少し心配になってきた。中には、大理石を使ったりっぱなお墓もあり、全体がとても明るくて、日本のお墓に較べたらじめじめした感じがしない。

「くみ子、あそこじゃないのか？」

マイクが、墓地の一画を指して言った。生け垣のように切り込まれた灌木《かんぼく》がぐるっと巡っていて、そこだけなんだか違った雰囲気をかもし出している。くみ子の心に、懐かしい思いがふわっと湧き起こった。

「そうですっ、きっと！」

くみ子は急いだ。息をはずませて近づいてみると、あった。

〝皇国同胞之墓〟と刻まれた石塔が、玉砂利に囲まれて立っていた。その両側には石灯籠まで据えられている。

そして、近くの掲示板には、葬られている人々の名前がずらりと書かれていた。〝井森五郎〟という名前が、くみ子の目に真っ先に飛び込んできた。

「これです！」

くみ子は、その字を指でなぞるようにしながらマイクに言った。

くみ子は、用意してきた花束をそっと石塔の前に置くと手を合わせた。

『おじさん、こんにちは。わたし、くみ子。でもご存じないのね。長いあいだごめんなさい。あなたが森吾郎おじさんなら、アヤおばさんはほんとうに安心するでしょう。安らかにお眠りください』

くみ子がじっと手を合わせている姿を、マイクは優しく見守っていた。

墓参りが終わるとマイクはくみ子をシェパーズ・ブッシュ駅まで送ってくれたが、まだこれから会合があるからと言って、駅前からちょうど出発しそうになっていたバスに飛び乗った。そして、くみ子に手を振りながら、「宿題は忘れないこと！」と、急に先生の顔に戻って、バスの二階に消えていった。

メイおばさんの家へ帰ったくみ子は、早速長い手紙を日本へ書き送った。

父からすぐ返事が来た。

「墓の下の兄さんが、〝清のかわりにくみ子が来たのか〟と驚いていたにちがいない。くみ子、ありがとう。くみ子がイギリスに行ったおかげだ」

冒険好きのおじさんは、おじさんらしく生きて、亡くなったのだと、くみ子は思った。肉親に知られずに死んだとしても、おじさんはおじさんらしく。

(よしっ、わたしも明日から、また、わたしらしく生きていかなければ!)

くみ子は、あらためて思った。

# 六　クリスマス・パーティー

十二月に入って、寒さは一段と厳しくなってきた。通りを歩いていても、頭の芯が痛くなるほど寒い日もある。

授業で〝詩〟の勉強もする。バイロンやシェリーの詩を引用しながら、その人物像までマイクは説明する。十九世紀のロマン主義時代は、ワーズワースやコールリッジによって始まったこと。これら詩人が、自由平等の精神を大いにうたい上げたことなどを、マイクは話し続けた。

くみ子はたまたまジュリーにつきそって、数日前に本屋で詩の本を手にとっていた。

「バリーが送ってくれって手紙をよこしたの」

ドイツにいるボーイフレンドからたのまれた詩集を、ジュリーは喜々として探していた。それがちょうど授業で扱ったのと同じ時代の詩集で、くみ子は内容を把握していた。

「くみ子、この詩はいったい何を言おうとしているか説明できるかね」

マイクが質問したのは、ジュリーと読み合った箇所だったのがあまりに幸運だった。

「くみ子、君の頭の構造は、どうなっているんだ？」

くみ子がスラスラと答えると、マイクはつかつかっとくみ子のところへやってきて、いきなり額に手を当てた。

「ふーん、熱はないようだ」

くみ子は、顔がほてるのを感じた。

「いや、その赤い顔では、やはり病気かな」

マイクはそう言うと、すました様子で教壇に戻った。

くみ子の胸の動悸が激しくなり、その後はまるで上の空のまま授業が終わってしまった。

最後にマイクが言った。

「さて、今学期はもうすぐ終わりだ。ところでクリスマスに暇を持て余している者は、わたしのフラットへ来ないかね。何人でも歓迎する」

「ヤッホー」

「もちろん行きます！」

「何を食わせてくれるんですか？」

皆、いっせいに言いだした。

「まあ待て、静かに。食事はみんなで作ることにしよう。誰が来るかね？」
七、八名が勢いよく手を上げた。くみ子もイングボルグに促されて、そっと手を上げた。

クリスマス休暇に入ると、メイおばさんの家の住人たちも、故郷に帰る者がぽつぽつ出てきた。

ジュリーも、久しぶりにドイツから戻ってくるボーイフレンドと家へ帰れるので、うきうきしている。バリーからの赤や黄色や青の便箋《せん》が、ジュリーのベッドのそばのケースに山と積まれている。

「ねえ、くみ子、良かったら一緒にヨークシャーへ行かない？　バリーもそうしたらって書いてきたのよ」

「えっ、ほんとに？　でも……」

くみ子は、マイクのフラットでのクリスマス・パーティーにはぜひ行きたかった。今、くみ子にとってそれは、ヒースの荒野より魅力のあるものになっていた。ヒースはいつでも見られる。でも、イギリスでのそれもマイクとのクリスマスは、たぶん一度きりになるだろう。

「〝嵐が丘〟は、来年にするわ。ごめんなさい」

「あら、どうして？　あんなに行きたがっていたのに――」

ジュリーが意外そうに言った。

「ええ、ちょっとほかに予定ができてしまったの」

「そう、それは残念。じゃ、ヒースの一枝でも、おみやげに持ってくるわ」

ジュリーは、そう言うとバリーへの手紙を書き始めた。

クリスマス・パーティーは、夕方から始まった。

マイクのフラットは、探偵小説によく登場するベーカーストリートから近かった。どっしりとした石造りの建物だが、そうとう年数が経っているようだ。くみ子は大杉さんやロビー仲間も誘って一緒にやってきた。

大杉さんは、「パーティーって、あまり趣味じゃないのよ」と言いながら、久保さんも参加するらしいと言うと、「じゃ、行くわ」と二つ返事で承知した。

地下のフラットは、マイクがいつも言っているように、確かにほこりだらけで薄暗い。生徒が、ぼつぼつ集まってきた。

「よーし、ではそろそろ料理を始めるか。材料は揃えてあるから、あとは君たちにまかせるよ」

キッチンに入ってみると、スパゲティ用の材料をはじめ、フルーツや野菜が、バスケットに山盛りに入っている。

「あれっ、マイク、こののりはどうしたんですか？」

辻君がうれしそうに声を上げた。辻君は、ホテルに住み込んで、お皿洗いや雑用をして生活している。そのうちに、インドへ行くのだと旅費をためるために、ギリギリの暮らしをしているらしい。

「ああ、それは日本の友達が送ってくれたんだ。のり巻きはわたしの好物でね。ほら、しょうゆに、それに、ウニの缶詰」

「ウニの缶詰まで？　感激だな！　ねえ、くみ子さん、寿司を作ろうよ。のりがあるんだぜ、のりが！」

辻君は、よだれをたらしそうに叫んだ。

「のりってなあに？」

イングボルグとモンティセラが興味深そうに顔を出した。

「わー、こんなもの食べられるの、くみ子？」

二人は、気味悪そうに同時に言った。

「もちろん。ねっ、大杉さん作りましょう」

くみ子は、俄然張り切りだした。くみ子は、料理は得意だった。仕事をしている母さんが忙しい時は、よく代わって夕食を作ったものだ。

「わたし、そういうの全然だめ」

大杉さんが、すまなさそうに言った。

「よしっ、くみ子さん、作ろう」

久保さんが言いだした。

「そうだな、君の料理はなかなかのものだ。たのむよ」

マイクがうなずきながら言った。久保さんは、ここへも時々来ているらしい。

くみ子が日本大使館へ行った日にも、街頭でパンフレットを配っていた久保さんによく似た人がいたが、あれはやはり久保さんだったのだ。くみ子は、二人のことを不思議に思いながらのり巻き作りを始めた。ほかの生徒たちのにぎやかさに気をとられて、それ以上深く考えなかった。

キッチンでの騒がしい食事作りをようやく終え、皆は居間に落ち着いた。部屋の中には、日本の掛け軸もあれば、インドの木彫りの象、スペイン製の大きな壺など、さまざまな国の美術品が雑然と置かれていた。

本箱にも、本がぎっしりとつまっている。三島由紀夫などの日本の小説も何冊か並んでいた。ほかに思想書らしい何やら難しそうな分厚い本が数冊。

くみ子は、いちいち感心しながらながめていた。

「くみ子、こののり巻き、最高だね」

くみ子とちょうど、はす向かいに座ったマイクが日本語で言った。

「うん、最高！」

辻君が、まるで欠食児童のように、スパゲティやのり巻きを食べまくっている。

「どれどれ」

モンティセラが、のり巻きを一つつまんで口に入れた。

「あらっ、おいしいじゃない」

「そう？　じゃ、わたしも」

イングボルグが恐る恐る手を出す。

「うっ！」

イングボルグはやっとのみ込んだ。それから二度と、のり巻きには手をつけなかった。

「えっ、男は台所へ入っちゃいけないの？」

「もちろんだよ」

大杉さんと、九州男児の辻君が何やら議論を始めた。

「ロンドンでは、例外だけどさ」

「今の時代に考えられないわ」

大杉さんは、こういった話になるとむきになってしゃべりまくる。

会社での女子のお茶くみの問題もしかり、男女平等問題は、日本はずいぶん後れていることをまるでその原因が辻君一人にあるかのように攻めたてる。

週末に久保さんがメイおばさんの家にやってきておしゃべりする内容も、ほとんど政治に関することが多い。二人がベトナム問題や学生運動の話を始めると、くみ子は聞き役に回ることが多かった。

くみ子が高校二年生の時、担任の国語教師がある日、朝鮮大学校へ有志を連れていくということになり、その教師に心酔していた友達に誘われてついていったことがある。在日朝鮮人の人たちが、いろいろな権利を持てないでいることをその時初めて認識した。でも、その友達が転校してしまったので、くみ子の中の問題意識はそのままそこで止まっていた。

しかし、イギリスへ来てからこのかた、くみ子は嫌というほど、差別という現実を見てきた気がする。職業一つとっても、お皿洗いや、地下鉄の改札係や、バスの運転手や車掌などは、黒人か他のヨーロッパ諸国からの出稼ぎ者。

そして、メイおばさんにもいえるユダヤ人問題。だがメイおばさん自身、黒人を下宿させることは絶対しない。そう、差別されている人間もまた、ほかを差別しているのだ。

「でも、わたし、いつかきっと結婚してみせるわ」

モンティセラが、ワインを飲んで少々気持ちを高ぶらせているのか、イングボルグに向かって大声で言った。そう、モンティセラも黒人の医者のボーイフレンドとのことでずっと悩んでいた。スペインにいる両親が、絶対許してくれそうもないのだ。

「あなたはまだいいわ。つき合っていられるんだもの。わたしは最初から絶望よ」

イングボルグも、目を赤くしながら答えている。イングボルグは、教会の司祭を愛してしまっているのだ。彼も彼女に好意を持っているらしいが、司祭に結婚は許されない。

「ねえ、みんな、食べ物はほとんど胃袋に納まったから、このへんで踊らないか？」

いつも陽気なリビア人のアヴドゥが、自分の持ってきたレコードを、部屋の隅にあった古いプレーヤーにかけた。ジュリーがいつも口ずさんでいるポップスが、部屋中に大きく響いてきた。

「おいおい、お手柔らかにたのむよ」

マイクがあわてて叫んだ。

「さ、みんな踊ろうぜ！」

アヴドゥはカモシカのように細長い足を音楽に合わせて、左右前後に動かし始めた。

「オッケー、嫌なことは忘れて踊りましょう」

モンティセラが、アヴドゥと向かい合って踊り始めた。

そのうちに、次々と皆立ち上がり、部屋の中は音楽とおしゃべりと笑いで騒然としてきた。くみ子もいつの間にかひっぱり込まれていた。

「くみ子、うまいわよ！」

モンティセラが近づいてきて、さも感心したようにくみ子に言った。

このあいだ、ジュリーに誘われて初めてディスコで踊ってから二度目だ。

ロンドンには、ディスコがたくさんある。ジュリーがよく行くところは、学生たちのたまり場らしく、ごく明るい雰囲気をしていた。

「くみ子、ディスコくらい知らなくちゃ、ロンドンに住む価値はないわよ」

そう言われてはノーとも言えず、くみ子は思いきって行ったのだが、踊るということが、結構楽しいものだとその時初めて知った。

マイクはしばらくながめていたが、誰かにやはり誘い込まれたのか、輪の中に入って踊っている。思ったより上手だ。そして、踊りながら、徐々にくみ子のところへ近づいてきた。

「くみ子、ぼくは、いつかまた日本へ行こうと思っている。それがいつか分からない。その前にやっておかなければならないことがあるんでね。その時、君にまた会えるといいんだが」

くみ子の心臓がドキドキとしてきた。この頃、学校の中でマイクとすれ違っただけでそうなるのに、今はもう心臓まで躍《おど》りだしそうだ。

「え、ええ」

くみ子は、真っ赤になってうつむいた。

と、その時、「マイク！」という呼び声がドアの方でした。マイクは、はっとした様子で急いでドアに向かった。しばらく外の誰かと、ひそひそ声で話し合ってから、マイクは部屋に戻った。

マイクは久保さんを手招きして、ちょっと耳打ちすると、

「みんな、そろそろ時間だ。地下鉄も終電ぎりぎりになる。男性の諸君は、女性を責任を持って送ってくれ。ただし、送り狼にならないこと」

「オーケー」

皆は帰り支度を始めた。

「じゃ、くみ子、気をつけて」

くみ子に向かって、マイクは親しみを込めて言った。

「今度は、日本食パーティーをしよう。久保、じゃ送ったらまた来てくれないか」

久保さんはうなずくと、くみ子と大杉さんを送るために一緒に外に出た。ドアの陰に、

さっきマイクを呼んだらしい男が、タバコをふかしながら立っていた。久保さんは、その男にちょっと片手を上げうなずくと、急ぐよう、くみ子たちを促した。

「ねえ、いったい誰、あの男？」

ベーカーストリートを歩きながら、大杉さんが聞いた。

「いや、なんでもないよ。ちょっと知っているだけさ」

久保さんは、それ以上何も言おうとしなかった。

〝なんだろう、いったい――〟

くみ子は、なんだか得体の知れない不安を感じた。

マイクも久保さんも、何か隠している。久保さんとあれほど親しい大杉さんにも知らされていないことって？


クリスマス休暇は、たちまち過ぎていった。三十一日の夜、トラファルガー広場では、十二時の鐘が鳴ると、誰とでもキスできることになっている。

メイおばさんの家に残っていたカーリーは、うれしそうに出かけていった。

詩人も、ヤングフェローも、リンカーンもジュリーも皆、故郷に帰省している。メイおばさんの家は、しばらくのあいだ、ひっそりと静まりかえっていた。

# 七　二学期

新しい年が始まって、たちまち三カ月が過ぎようとしていた。

くみ子の身辺はそのあいだ、少しずつ変化していた。隣の部屋の大杉さんは、ロンドンにいては、日本人とばかりつき合ってしまうからと、南部の田舎へ行ってしまった。「また、ここへ戻ってくるわよ」と言っていたが、いつになるのか分からない。

空いた部屋に入ってきたのが、ニュージーランドからやってきたノイジー。カレンという素敵な名前があるのに、年中おしゃべりをしているので、メイおばさんが早速つけたニックネーム。

おしゃべりに加えて、ノイジーの英語は、クィーンズイングリッシュには程遠い。ニュースペイパーを、ニュースパイパーと言ってはばからない。それを「おかしい」と言っても、「わたしは、ちゃんと言っている」と言ってきかないのだ。

ルームメイトがいないので、ノイジーはよくおしゃべりがてら、くみ子のお皿洗いを手伝ってくれる。

「パパがスコットランド出身なの。ぜひ近いうちに行くつもり。ね、リンカーンって素敵だと思わない?」

二十一歳になるノイジーは、少し赤みがかった髪を大人っぽくウェーブさせて、年齢より二、三歳はふけて見える。タイピストとして働き始めたが、その会社がたまたまリンカーンの働いている建設会社に近いところらしい。リンカーンがスコットランド出身だと知って、ますます興味を持ったようだ。

「ええ、でもちょっとおすましね」

「あら、それがいいのよ。クールな人って好きだわ。スーパーデューパーよ」

ノイジーは、やたらとスラングを使う。スラングとは、あまり辞書に載らない、いわゆる俗語。くみ子は、ノイジーからもうずいぶんと教わっていた。中でも、ゴッダム(ちくしょう)とか、わざと悪い言葉をくみ子に教えて、何度もくり返させてから「おお、それはレディーの言う言葉じゃないわ!」と言って、一人で笑い転げる。

そんなノイジーだから、たちまち下宿人たちと親しくなった。カーリーやヤングフェローたちとも、よくパブへ飲みに出かけている。パブは、ちょうど、日本の一杯飲み屋のような感じで、町のあちこちにある。お昼時でも、イギリス人はよくパブへ入り、ビールなどを飲んでいる。

「くみ子も、一度行くといいのよ。机に向かうばかりが勉強ではないのよ」

ノイジーは、しきりにすすめる。

くみ子はそれどころではなかった。半年が過ぎても英語の力があまりついていないことに少々あせり始めていた。

辻君から借りた『三太郎の日記』も、大杉さんが置いていった、大江健三郎の分厚い本も、一時は夢中になって読んだが、日本語の本は読むべきではないと、スーツケースの中にしまってしまった。

学校は、相変わらずだった。ただ、試験が近づいてきたので、前より教室の雰囲気も少し緊張してきている。

マイクは、学校のキャフェテリアでは、よく、くみ子たちの座っているテーブルにやってきてミルクティーを飲む。イングボルグやモンティセラがいない時は、日本にいた頃の話で盛り上がる。ただ、このところ、なんだか疲れているらしく、顔に生気がない。

くみ子がそう言うと、「くみ子こそ、あまり元気がない」と返事をした。

確かに、朝夕のお皿洗いと、二つの学校での勉強は、くみ子にとってきつくなっていた。疲れがたまってきたのか、肩から背中にかけて、いつも重しをのせているような痛みがある。このあいだも速記の授業で眠気におそわれ、勉強にならなかった。

「くみ子、少し環境を変えてみたらどうだ？」

「環境を？」

「そう、例えばオーペアで働くこと。決して悪い家ばかりじゃない。探せばきっと、くみ子にとってプラスとなる、イギリス人の家庭があるはずだ」

「そうでしょうか？」

「ああ、下宿暮らしでは、平均的なイギリス人の生活を知らずに終わってしまうよ。ぜひやってみなさい」

くみ子は、マイクからそう言われてから、真剣にオーペアのことを考えるようになった。

でも、ジュリーやメイおばさんたちと別れてしまうのもなんだかつらい気がする。それにノイジーとだって、これからいい友達になれそうなのだ。そしてオーペアになったら、皆と出かけたり、このあいだのようにドライブしたりできなくなるだろう。

あれは、二週間前のことだった。

クリスマス・パーティー以来、くみ子たち三人組と、辻君、アヴドゥ、それに久保さんの六人は時たま行動を共にしていた。

アルバートホールでのコンサートや映画など、皆の中では少し余裕のあるアヴドゥが、どこからか安い切符を手に入れてきて、皆を誘って出かけた。バイオリンの巨匠、ユーディ・メニューインの演奏会の時は、一番安い立ち見席だったが、その素晴らしさに、二時間立ちっ放しでも苦にならなかった。アヴドゥが格安の中古車を手に入れたのも、そんな日々の延長にあった。ケント州へのドライブの計画もすぐにまとまった。

ただ、直前になって久保さんは、マイクから急用をたのまれたからと不参加となった。二人がいったい何をしているのか、その話になると二人は貝のように口を閉ざしてしまうのだ。

ただ、大杉さんがロンドンを出る前に「久保さんとマイク、ちょっと気をつけてね。それにマイクとは少し距離を持ちなさい」ともらしたことがある。

「距離って。マイクとわたしは、教師と生徒以上の何ものでもないわ」

くみ子は、大杉さんから目をそらして言った。

「そう、それならいいけど。あなたには、大人の恋愛の免疫がないらしいから、見てて危なっかしいのよ」

大杉さんは、こちらの男女関係のこともよく話題に取り上げた。前に住んでいた下宿のルームメイトは、知り合って二日目にもう相手の男性とベッドを共にしたこと。それも決してめずらしいことではないし、男女間だけではなく、同性同士のカップルも結構いること。セックスは決してタブーではなく、一つのコミュニケーションとして彼らは考えているらしいなどなど。

あのおとなしいドイツ人のイングボルグがある時、くみ子に言った。

「くみ子、たぶん日本人のあなたには分からないわね。でも、わたしは何度か経験しているの」

イングボルグはごく真剣な顔をして、きっぱりと言った。だからこそ司祭に対する愛情もより苦しいということも。

モンティセラも同じだ。医者で黒人のボーイフレンドのフラットに時々泊まるらしい。くみ子には、教室で無邪気に笑い転げている二人が、時々遠い世界の人のように思えてくる。

ドライブは、それでも楽しかった。五人とも、まるで子どもに返ったようにはしゃぎ回った。途中のスーパーマーケットで、パンやハムやチーズ、それに果物やジュースを買って、野原でピクニックをした。食事の後は、新聞を丸めて作ったボールを投げ合ったり、果てはかけっこをしたり、草を編んで首飾りを作ったりした。

カンタベリーに着くまでに、アヴドゥは何度も道を間違えた。陽気なアヴドゥは、運転しながら、のべつまくなしにしゃべる。熱中して、標識を見落としてしまうのだ。

カンタベリー大聖堂は、見事な建築物だった。どっしりと壮大な上に、高さ七十五メートルあるという空高くそびえる尖塔はほんとうに神々しい。それに、伽藍の七百五十年前に作られたというステンドグラスは大きく色鮮やかで、くみ子は思わず感嘆の声を上げた。

くみ子が、中庭に面した石柱で囲まれた回廊を、まるで映画の主人公になったように気どって歩いているのを見て、アヴドゥが言った。

「おお、美しきシスター、どうぞわたしをあわれんでください」

「何を悩むか、アヴドゥよ」

くみ子も芝居っ気たっぷりに振り返った。

「何やってるんだよ」

辻君があきれたように言った。辻君はこの頃、仕事のあい間に小説を書き始めているらしい。めったに自分のことは話さないのだが、お母さんが精神科病院で亡くなっていることをちょっとくみ子にもらしたことがある。辻君の時々見せる暗い影は、そんなところから来ていたのかと、くみ子は初めて納得した。

それ以来、くみ子はつとめて辻君をみんなの集まりに誘うようにしていた。放っておくと、口癖のように言っている、『インドへ行って、国境の紛争に加わる』ということを実行してしまう気がしたからだ。

カンタベリーの町を出ると、ドーバーへ向かった。着いた頃には、もうすっかり日も暮れていた。

予約も何もしていなかったので、宿を探すのにひと苦労した。やっと一部屋だけ見つかったのが、小さなベッド・アンド・ブレックファストの宿で、そこにくみ子たち、女子三人が泊まることになり、アヴドゥと辻君は、一晩を車の中で過ごすはめになってしまった。

とにかく宿は決まったので、簡単な夕食を済ませると、近くのディスコへ皆で繰り出した。ところが、そこも若い人でごった返していて、踊りらしい踊りもできないまま、一時間もすると閉店になってしまった。

翌朝は、カモメの鳴き声で目が覚めた。くみ子たち三人は一晩中おしゃべりしていたので、起きるのがつらかったが、アヴドゥたちのことを思い出して、急いで宿の朝食を済ませると、海岸に停めてある車へ向かった。

「ロマンチックだったぜ。月と星をながめながら寝るなんて最高だった」

アヴドゥが、くしゃみをしながら強がりを言った。

宿で作ってもらったサンドイッチを二人に差し出すと、「おっ、まだ温もりがある。ありがたい」と、二人はむしゃぶりついた。

十二メートルの断崖の上に建てられたお城へは、途中で車から降りて歩いて登った。要塞として築かれた石のお城の天辺から、ドーバーの港がよく見える。メイおばさんが、後に夫になった人と船からながめたのが、このドーバーの港だ。

くみ子は、マイクのことを思っていた。そしてメイおばさんたちの姿に、自分とマイクを重ねてみて、あわててかぶりを振った。

「マイク、今頃どうしているかしらね、くみ子」

モンティセラが、まるでくみ子の心を見透かしているように言った。

「ど、どうしているかしらねって？」

くみ子はあわてた。

「マイクは、くみ子のこと好きなんだわ」

モンティセラが静かに言った。

「好きなんてものじゃなくて、愛しているわ、きっと。授業中、じっとあなたを見ていることがあるの気がついてる？」

「し、知らないわ」

「でも、なんだかじれったいの、マイクの態度。別に、先生が生徒を好きになっても悪いことではないのに。それにマイクは学校中の人気者よ。マイクに夢中な女子を何人も知っているわ。くみ子、しっかりしなきゃだめよ。あなたはいったいどうなの？」

「どうって、先生として好きだし、それに――」

「それに？」

「尊敬もしているわ」

「ソンケイ！　ま、いいでしょ。でも、自分の気持ちを大切にね」

くみ子は、ほんとうに自分の心を測りかねていた。マイクのことはいつも心の中にある。学校へは、何があっても休まずに行っている。勉強するのが、これほど楽しいと思ったことはなかった。でも、半年もしたら帰国する予定のくみ子だ。これ以上マイクを好きになってしまったら、どうすればいいだろう。

ロンドンへは、その日の夕方に戻った。帰りの車の中で、くみ子は少し疲れたせいと、モンティセラから言われたことが頭から離れず、黙りがちだった。


マイクに忠告されて、しばらく考えていたが、くみ子は思いきって、オーペアエージェンシーへ行ってみることにした。新聞で探すよりは確からしい。

ピカデリーサーカス駅に近いそのオフィスは、ビルの三階にあった。ベテランらしい中年の女性が、くみ子の相談員だった。くみ子の経歴や希望など、いろいろ聞いた後でその人は言った。

「その家は、郊外に、といってもビクトリア駅から電車で南へ十五分ほどのところです。

日本人に好意を持っていて、今までのオーペアの人は全員日本人だったの。あなた、その家庭はどうかしら？　子どもさんは皆もう大きいし、奥様は高校の社会科の教師、ご主人はロンドン市庁のお役人よ」

くみ子は、心が動いた。小さな子どもの面倒を見るわけでもなく、日本人も好きで、それにごく堅実なイギリス人の家庭らしい。

「では、お願いします」

くみ子は、早速四月からクーパー家のオーペアとして働くことになった。

## 八　オーペア

仕事で近くに来たからと、クーパー氏が車でくみ子を迎えに来た日は、通りの小さな空き地に黄色の水仙が咲き誇っているうららかな日だった。

「くみ子、体に気をつけて」

メイおばさんは、家の外まで出て見送ってくれた。

ジュリーや、カレン、それにカーリーたちが前の晩、食堂でお別れ会をしてくれた。

「くみ子、ひどい家だったら、すぐ戻ってきなさい。そして夏になったら、きっとヨークシャーへ来てね」

ジュリーが、少し涙ぐみながら言った。

「時々あなたを映画や食事にひっぱり出してあげるわ」

ノイジーが、ウインクしながら言った。

「ああ、この家から、また一人、うら若き女性がいなくなる」

カーリーは、さも残念そうに嘆いてみせた。

詩人は、くみ子のことをうたったという、やたらと凝った詩をプレゼントしてくれた。

「君がいなくなるなんて、考えてもいなかった」

ヤングフェローが、寂しそうに言った。

しばらくしてからジュリーが、ヤングフェローは、くみ子のことを好きだったのよと手紙で書いてきた時、くみ子はびっくりした。

リンカーンは、「幸運を祈っている」と、しっかり握手してくれた。

くみ子は、ノイジーにそっと耳打ちした。

「リンカーンって、やっぱりいい人よ。がんばってね」

ノイジーは「もちろんよ。ありがとう。スーパーデューパー」と、うれしそうに言った。


クーパー家は、ロンドンの中心地のビクトリア駅から四つ目の、シドゥナムヒル駅の近くにあった。閑静な住宅地で、どっしりとした構えの家々が続いている。

クーパー氏は、車を運転しながら家族のことを説明してくれた。

「息子のポールは、スイスでバイオリンの修業をしているが、今、イースター休暇で家に帰っている。娘のマリアは、グラマースクールへ通っていて十五歳。君とは年も近いし、いい友達になれると思う。自分の家だと思って、気楽に働いてくれたまえ」

クーパー氏は、日本のくみ子の父と雰囲気が良く似ていた。かっぷくが良く、ゆったりとした話し方をするおだやかな紳士だ。

「さ、到着したよ」

車は、レンガの赤壁に緑の蔦がからまった家の前で止まった。低い鉄のフェンスで囲まれている前庭には手入れのゆき届いた、さまざまな木や草花が植えられている。

玄関のベルを鳴らすと、

「お帰り、ダディ」

という透き通るような声がして、まるで小枝のようにやせた、髪の長い少女が現れた。あまり健康そうでない青白い顔をしている。

その後ろには、大柄で腰回りの太い、縁なしの眼鏡をかけた夫人が立っていた。

「ようこそ、くみ子。さあ、お入りなさい」

クーパー夫人は、まるで生徒にものを言うように言った。

くみ子は、玄関ホールの隣の、二十畳ほどあるリビングルームに通された。大きな暖炉と、ゆったりとしたソファ、それにピアノ。中庭に向かってサンルームまである。

暖炉のそばの、ふかふかのひじかけ椅子に座っていたセーター姿の青年が立ち上がった。

「やあ、いらっしゃい」

優しい笑顔を向けながら、気さくにくみ子に声をかけた。

「こんにちは」

くみ子も思わず笑顔で答えた。

「わたしたちの自慢の息子、ポールだよ。彼は、ユーディ・メニューインからも指導を受けている、将来有望な若者だ」

「父さん、ぼくはただのバイオリン弾きさ」

ポールはあっさりと言った。目が少年のようにきらきらとして爽やかな印象を与える。

「くみ子、家の中を案内するわ、おいでなさい」

クーパー夫人は、くみ子を呼んだ。

玄関ホールをはさんで、居間と反対側に食堂があった。マホガニー製のテーブルが真ん中にでんと置かれ、十畳ほどはある。その奥に八畳ほどのキッチン。その隣の部屋は三畳ほどのアイロン部屋。そして、裏口のドアをはさんで、洗濯機が置かれている土間に小さなトイレ。

猫がいるのか、餌《えさ》のこびりついた小さなお皿がひっくり返っている。

「おやおや、チコは行儀の悪い」

「チコっていうのですか？」

「そう、前にいたオーペアのまさ子がつけた名前なの」

クーパー夫人は、にこりともせずに言う。

時代がかった大きな柱時計のそばの階段を上ると、クーパー夫妻の寝室を含めて五つの部屋が左右にあり、バスルームも大小一つずつ並んでいた。

そして、小さならせん階段の上の天井が剝《む》き出しの屋根裏部屋は、ポールのレッスン兼寝室になっているらしい。

クーパー夫人は、タイプされた仕事の一覧表をくみ子に渡した。

月曜日―洗濯。居間と食堂とホールの掃除。

火曜日―アイロンかけ。〝研磨剤入りの洗剤〟でバスルームをきれいにする。階段とポールの部屋とあなたの部屋の掃除。

水曜日—マリアと夫婦の部屋の掃除。植物に水をやる。

木曜日—洗濯。台所の棚や、戸棚を拭き、ガス台の上をきれいにする。廊下にモップをかける。階下のトイレの掃除。

毎日すること—朝食の支度と後片付け。靴磨き。夕食作りの手伝い。

毎週、窓を少しずつきれいにしていくこともやってほしい。

土、日は、お客様の接待があるので、朝食と昼食の料理の手伝い。金曜日は休日。

くみ子は、一覧表をながめながら、少し不安になってきた。こんなにたくさんのことをやりこなしていけるかどうか。部屋のどこかに貼って毎日確かめなければならない。

くみ子には、二階の廊下のつき当たりの、隣家に近い、五畳ほどのこぢんまりとした細長い部屋が与えられた。くすんだベージュのカバーのかかったベッドと、小さな丸い木のテーブル。そして、ライティングデスクつきの古い整理ダンス。それだけで部屋はほぼいっぱいだ。

スーツケースの荷物を整理し終えると、翌日からの仕事に備えて、くみ子は早めにベッドに入った。寝つきのいいくみ子もその夜ばかりは、なかなか眠りにつけなかった。

翌朝七時、くみ子はクーパー氏がドアをノックする音で、ベッドから飛び起きた。

「くみ子、起きたかね。クーパー夫人が台所で待っているよ」

(ああしまった。初めから失敗だわ)

くみ子はあわてて着替えると、まだ寝ているらしいマリアの部屋の前をそっと抜けて、階段を駆け下りた。

「時間は厳守よ。さ、まずオレンジを絞ってちょうだい。それからパンをオーブンで温めて。ミルクは、マリアのは冷たいままで。わたしたちのは温めて、でも、沸騰させないでね。

それから、今日のシリアルは、この戸棚の中にあるから、テーブルへ運んでちょうだい。

ああそれと、チコの食事が先だったわ。缶詰のキャットフードがあるから出してみて」

くみ子は、一つ一つ頭の中で整理しながら必死で動いた。オレンジを絞るといっても、慣れないくみ子は、絞り器を思うように使えない。

「まあ、こんな簡単なこともできないの?」

クーパー夫人は、あきれたように言って自分で絞りだした。

「じゃ、昨日教えたサンルームのつき当たりの冷蔵庫から、パンを取ってきてちょうだい」

くみ子がパンを抱えてくると、クーパー夫人は、ガスレンジの使い方を説明した。

「おお、今日は間に合いそうもないわ。わたしがするから、テーブルのセットをしてね」

テーブルのセットといっても、これがまたやっかいだ。それぞれのナプキンは決まっているし、ナイフやフォークも朝食用と夕食用とでは違う。

クーパー夫人は、台所と食堂を行ったり来たりしながら、くみ子に指図した。それでも、クーパー氏やマリアが食堂へ下りてくるまでにはなんとか間に合った。

「ほっほー。くみ子、上出来、上出来」

クーパー氏はテーブルに着くと、にっこりして言った。

「くみ子は、ここへお座りなさい」

クーパー夫人は、夫と自分のあいだの席をくみ子に示した。マリアとはちょうど向き合う形になる。それは思いもかけない場所だった。本来なら、マリアがここに座るべきだろうに。

マリアは黙々と食べている。いったいくみ子のことをどう思っているのか見当もつかない。たぶん小さい時からオーペアが家の中にいて、あまり気にも留めない存在なのだろう。くみ子はそう勝手に考えた。

食事が済むと、くみ子は急いで使った食器を洗い始めた。ところが、その途中で流しの栓がつまってしまって、うまく水が流れなくなった。くみ子が困っていると、いつの間に起きてきたのかポールが、

「この栓は、よくつまるんだよ。ほら、こうすればいいんだ」

と言いながら、流しの下にあった道具を使って、たちまち流れるようにしてくれた。

そこへ、出勤の支度を終えたクーパー夫人がやってきて、

「ポール、何をよけいなことをしているの。早く食事しなさい。レッスンに間に合わないでしょ」

とヒステリックに言った。

「すみません」

くみ子は思わず謝った。

ポールは、肩をすくめると食堂へ入っていった。

皆が出かけてしまってから、くみ子は、教えてもらった通りの水曜日の仕事を始めた。ばかでかい掃除機は、思うように動かせない。やっとの思いで二階へ運ぶと、まずマリアの部屋へ入っていった。

くみ子は、中を見て思わずぎょっとした。ベッドカバーは、半分床にずり落ちているし、整理ダンスは開けっ放しで、下着類がはみ出している。床には、本や人形や紙くずが、散らかし放題に散らばっている。

(これを全部片付けなきゃならないの?)

くみ子は、半ばあきれ、半ば情けなくなりながら仕事を続けていった。

(どうして、こんなことをしてまで、ロンドンにいなければならないのかしら)

十二時近くにやっと予定の仕事が終わり、くみ子は疲れきった頭の中でぼんやりと考えながら食堂の椅子に座っていた。リスが一匹、さっきから木を登り下りしているのが窓越しに見える。

(ああ、早く学校が始まらないかな。みんなに会いたい。そして、マイクに)

マイクは、イースターの休みにどこかへ行くと言っていた。北部というだけで、詳しいことは言ってくれない。それもたぶん久保さんが一緒の気がする。

くみ子は、仕事にだんだん慣れていった。一日目は三時間もかかっていたのが、五日も経つと、十時までには朝の仕事を終えるようになっていた。

ただし、一日に一度は必ず何かしら失敗をしでかしていた。

玄関の鍵をかけないで買い物に出かけたり、洗濯物を取り込むのを忘れたり、朝のミルクを沸騰させてしまったり。一番大きな失敗は、洗濯機の使い方を間違えて、洗い場をすっかり水浸しにしてしまったことだ。この洗濯機が、使い方を大きく書いておかねばならないほどややこしいのだ。

「オー、くみ子っ！　ばかな人ね！」

クーパー夫人の、いつもより甲高い叫び声に、くみ子の心臓は、はね上がった。

部屋から急いで洗濯機置き場にかけつけて、くみ子は、真っ青になった。チコの餌皿がぷかぷか浮くほどの洪水なのだ。クーパー夫人は、学校へ行かなければならない時間なのに、一生懸命水をかき出している。

「どうぞ、出かけてください。あとは、わたしがします」

くみ子は、どうしたらいいか分からないまま言った。

「わたしがしますって、こんな大変なこと、あなたにだけまかせられますか！」

スカートのすそをびっしょりと濡らしながら、クーパー夫人はあきれたように言った。

それでも十五分もすると、ほとんど水は掃き出され、あとは、敷物を乾燥機で乾かすだけになった。

（ああ、とんでもないことをやってしまったわ）

クーパー夫人が出かけてしまってから、くみ子は、つくづく自分のドジさかげんに嫌気がさしていた。くみ子のスカートもブラウスもびしょ濡れだ。

と、その時電話のベルが鳴った。受話器の向こうから聞こえてきたのは、意外にもクーパー夫人の声だった。

「くみ子、さっきはあなたに言いすぎたわ。あまり気にしないようにね。実は、わたしもマリアも、一度ずつ同じようなことをしているのよ。誰にでも失敗はあるわ」

くみ子は、思いがけないクーパー夫人の言葉に、うわずった声で答えた。

「はい、お電話ありがとうございます。でもこれからは十分気をつけますから」

やっとそう言うと受話器を下ろした。

クーパー夫人の優しい心根を感じて、くみ子の心は温かくなった。

「くみ子、あなたもノアの洪水を出したのね」

翌朝、くみ子がテーブルをセットしていると、マリアがめずらしく早く起きてきて言った。今までくみ子には見せたこともない、親しげな顔をしている。

「ええ、ほんとうにうっかりしてしまって」

「これであなたの失敗は、十回目よ」

「えっ？　ああでも十三回目だったと思いますけど」

「まっ、くみ子ったら」

くみ子はうれしかったのだ。マリアは思っていたほど、おすましのお嬢さんではないらしい。

「マミィのこと、どう思う？　マミィは、オックスフォード出の才女なの」

「オックスフォード大学？」

「そう、でもダディは並の大学卒。でも、わたしはダディのことが好き。マミィは、わたしに期待をかけすぎるんだわ」

マリアは、肩をすくめてみせた。

「でも、クーパー夫人は、お夕食の準備の時は、いつもあなたの好きなものを用意していますよ。あっそうだわ。今度、皆さんの写真を撮らせてくださいね。日本への手紙に入れて送りますから」

「くみ子の頭は確か？　今までのオーペアでわたしたち家族の写真を撮りたいなんて言った人いなかったわ。くみ子は一番悪いオーペアね」

マリアはそう言って、うれしそうに笑った。


その朝以来、マリアはくみ子に何かと話しかけるようになった。それに自分の部屋をいくらか整理するようにもなっていった。

ポールは、休暇が終わるとスイスへ帰っていった。出発の前夜、ポールは居間でバイオリンのミニコンサートを開いた。クーパー夫人は、ピアノ伴奏をしながら涙ぐんでいた。くみ子は、母親であるクーパー夫人を、ふと日本にいる母さんの姿に重ねていた。


くみ子がクーパー家に住むようになって、二カ月が過ぎた日曜日、

「くみ子、今日は教会の帰りにお客様を二人お連れしますからね」

クーパー夫人はそう言いおいて、マリアとクーパー氏の車に乗り込んだ。

クーパー夫人は、教会のオルガニストとして奉仕している。礼拝が終わると、必ず客を二、三人連れてきて昼食を一緒にするのが習慣になっている。

くみ子は、芽キャベツやニンジンを煮たり、テーブルを整えたりして、彼らの帰宅を待った。

客には、夫妻の親しい友人をはじめ、若い牧師や、アフリカからの留学生、婦人運動をしている人など、顔ぶれはそのたびに違っていた。

オーブンの肉の焼き加減を見てから、くみ子はアイロン部屋の椅子に座って、ほっと一息ついていた。

五月の庭は、透き通るような青空の下で、明るく柔らかい光に包まれていた。

中庭を囲んでいる、いく本ものりんごの木に、かわいい若葉がつき始めている。庭はテニスコートが四面はできるくらいの広さがある。バラやチューリップや水仙など、クーパー夫人の週末の趣味である花々が、花壇に咲き誇っている。

日曜日の、こんな空白の時間を、くみ子は楽しめるようになっていた。

「ただいまあ！」

マリアの声が玄関から聞こえて、くみ子ははっとして現実に戻った。

急いで台所に戻ると、沸騰している芽キャベツやニンジンの鍋のふたを取り、オーブンの中の肉に、肉汁をかけた。

「ふんふん、いいにおいがすること」

くみ子が湯気で赤くなっている顔で振り向くと、そこには小柄なおばあさんが立っていた。

「あなたがくみ子ね。マリアからよく聞いてますよ」

ああ、クーパー氏の母親のアリスだわと気づいて、くみ子はうなずいた。

——「ほんとにアリスは、素敵なおばあちゃんよ。わたしのことを一番分かってくれるの。一緒にディスコダンスだってするんだから」

などと、マリアもよくアリスおばあさんのことをくみ子に言っていた。

「今度、あなたのお国の話をゆっくり聞かせてちょうだい。一度ぜひ行ってみたいものですよ」

「ええ、ぜひに」

くみ子が答えると、アリスは満足そうにほほ笑んで出ていった。

皆が居間でシェリー酒を飲んでいるあいだに、くみ子はクーパー夫人を手伝って、急いで食卓の準備をした。

大きなビーフの塊が、オーブンからテーブルの上の銀のお盆の上に運ばれると、日曜日のディナーの始まりだ。

「それ、今日の肉は特別上等だ！」

と言いながら、よく切れる三十センチほどの細長い肉切り包丁で、クーパー氏がステーキを切り分けていく。

皆はそのお皿を受け取ると、回ってくる芽キャベツやマッシュポテトを好きなだけお皿に取る。

「ドロシー、インドの様子はどうだね」

クーパー氏はおいしそうに肉を頬《ほお》ばりながら、今日のもう一人の客の、クーパー夫人の妹に言った。

ドロシーは、インドでキリスト教の伝道活動をしている。南インド教会の創立二十五周年を、ロンドンのセントポール大聖堂で祝うために帰国していたのだ。

「ええ、相変わらずよ。貧しい者は貧しいまま。富のある者は、ますます富を独占してね。政府は、いったい何をやっているのかしら」

「父さんもいつもそう言ってたわね」

クーパー夫人が感慨深そうに言った。

「あなたたちのお父さんは、ほんとうに偉大だった。あの事故さえなかったら、宣教師として、もっともっと活躍できただろうよ」

アリスがニンジンを切り分けながら、思い出すように言った。

クーパー夫人姉妹の父親は、二人が幼い時に海難事故で亡くなってしまった。厳格で活動的な宣教師だった父親の遺志を継いだのがドロシー。

「ドロシーが、おみやげに椰子の皮で作った人形をくださったの。二つあるから、くみ子にもあげる」

マリアが、テーブルの向こうからくみ子にそっと言った。

「ありがとう、でもいいの?」

「もちろんよ、くみ子。ごめんなさいね、あなたに特別なみやげ物がなくて」

マリアの隣に座っていたドロシーが、二人の話を耳にして言った。

「それにしても、あなたの若さでよく外国暮らしをなさってるわ。わたしでさえ、夜になると、時々イギリスへ飛んで帰りたくなるのに。寂しくない？」

「寂しいと思っている時間がありません」

くみ子がそう言うと、

「そ、くみ子には、わたしがついてるもの」

マリアが鼻をつんと上に向けて威張ってみせた。

「おやおや、仲の良いこと」

アリスおばあさんが、ころころと笑いながら言った。


「くみ子も、セントポール大聖堂へ行くといいわ、ねえ、あなた」

クーパー夫人は、いつになく機嫌のいい声でクーパー氏に言った。

「ああそれがいい。くみ子、セントポール大聖堂へ行ったことがあるかね？」

「いいえ、まだです」

「南極探検家のスコットや、ネルソン提督の墓もあるんだ。いい機会だ、ぜひ一緒に行こう」

「ほんとうですか?」

「わっ、楽しみ」

マリアがうれしそうにくみ子にうなずいた。

「まさかおまえ、その日の聖歌隊に加わっているわけではないだろうね」

「その日は歌いません。なんなら今ご披露しましょうか、お母さん?」

「けっこうよ。食事がまずくなります」

マリアがそう言うと、皆が声を立てて笑った。

クーパー氏は聖歌隊に入っていて、週に一度はその練習で遅くなる。時々、家の中で大声で歌いだすので、クーパー夫人にそのたびに叱られている。

クーパー家の皆と一緒に外出するのは、くみ子にとって初めてのことだった。それに特別な行事に出られることも幸運だわと、くみ子はその日が楽しみになった。

「くみ子、あの建物よ!」

テムズ川にかかる橋から、大きな丸いドームの建築物が見える。

クーパー氏の運転する黒いベンツに、クーパー一家とくみ子は正装して乗っていた。

大聖堂に入ると、すでにたくさんの人々が礼拝堂の椅子に座っていた。高さ百二十メートルはあるドームの天井は、見上げると目もくらむようだ。

記念式典は、おごそかに始まった。英国国教会の神父が、重々しい口調で式を進めていく。

くみ子は、皆の後ろで緊張して立っていた。神父の言葉は、聞きなれない単語ばかりで、いったい何が話されているのか、まったくくみ子には分からない。ただ、薄暗いドームの中で、ステンドグラスがなんとも言えない鮮やかな色を見せて美しく光っているので、くみ子は、それに見とれていた。

「あーあ、退屈ね。くみ子、地下へ行ってみましょうよ」

マリアがあくびをかみ殺しながら、くみ子にそっと耳打ちをした。

「でも、まだ式の途中だわ」

「平気、平気。このまま二時間もがまんしてるなんて、まっぴらよ。いいから、ついてきて」

マリアはそう言うとするりと列から抜け出して、物音を立てないように、そっと歩きだした。

式典のプログラムは、ちょうどインド舞踊が始まりかけていて、ざわついていた。くみ子は、マリアの後から恐る恐る続いた。

大きな円柱が、薄暗い堂内にでんと立ち並んでいる。地下へ通じる階段は、まるで墓地に入っていくような不気味な暗さだ。

「マリア、帰りましょう」

くみ子は、式を抜け出てきた後ろめたさもあって、マリアに言った。

「ま、くみ子ったら、怖いんでしょ。いいわよ、一人で戻れるならどうぞ」

「マリアったら。いいわ、行きましょ」

「そうこなくちゃ」

二人は、しっかりと手をつないで進んでいった。

地下には記念碑や有名人のお墓がたくさん並んでいる。ピーター・パンの作者、ジェームス・マシュー・バリーの墓まである。

くみ子とマリアは、これは誰それ、あれは誰それと、いつの間にか夢中になって回っていた。

礼拝堂での式典は、そろそろ終わろうとしていた。

「マリアとくみ子は、どうした？」

クーパー氏が最初に気づいた。

「あら、さっきまでここにいたはずなのに」

クーパー夫人もあわてだした。

「ああ、二人なら出ていったよ。きっと地下室さ」

アリスおばあさんは、確信をもって言い切った。

「マリアったら、なんて子でしょ。それにくみ子まで、いったいいくつだと思っているのかしら」

クーパー夫人が腹立たしげにささやいた。

「まあ、いいじゃないの。わたしだってこういう堅苦しいことは好きじゃないもの」

アリスは、レースの縁飾りのついた黒い帽子を真っすぐに直しながら、一人でうなずいている。

「義母さんがそうだから、マリアがいつまで経っても赤ん坊なんですよ」

クーパー夫人は、ますます機嫌をそこねて言った。

その日の夕食で、

「マリア、いったい今日はどんなつもりだったの？」

クーパー夫人の第一声が始まった。

「どうって、地下室はおもしろかったわ。ねえ、くみ子」

くみ子は返事に困って、マッシュポテトをぐっとのみ込んだ。

「すみません。わたしまで調子に乗りまして」

「すみませんではないですよ。あさってのピクニックは、これでは二人とも連れていくわけにはいきません。皆も取りやめましょう」

「それはないわ！」

「それはないでしょ！」

マリアとアリスが同時に叫んだ。

「まあ、いいじゃないか、おまえ。このこととピクニックは別だよ。マリア、もうこんな馬鹿なまねは、今度でおしまいだ。いいね」

「ええ、ダディ、もちろんよ」

マリアは、くみ子の足を、テーブルの下で蹴飛《けと》ばした。

くみ子もあわてて、「もうこんなことはしません」と、クーパー夫人に言った。

「そうそう、それでいいよ。さあ、ピクニックの予定でも聞こうかね」

アリスは、話をさっと切り替えた。

ピクニックは、年に一度、教会員の親睦を兼ねて、ロンドン郊外へ一同で出かけるのが、長年の習わしのようだ。今年は、南部のケント州だという。

「去年は、足のリウマチの手術のせいで行けなかったから、存分に楽しみましょ」アリスがそう言うと、

「そうよ、グーズベリーだって、去年はアリスがいなかったから、いつもの半分しか取れなかった」

マリアは、空っぽになったグーズベリーのジャムの瓶《びん》を持ち上げて言った。

「おお、ピクニック！　なんて懐かしい言葉！」

ドロシーは少女時代を境に修道生活に入ったので、ピクニックは何年ぶりかだった。

ピクニックの朝は、まるでその日のために神様がしつらえてくれたようによく晴れ渡っていた。

クーパー家が属する教会の人々が、集合場所へ次々に集まってきた。

「くみ子、あの人よ」

マリアが、くみ子に心もち顔を赤らめて、ささやいた。

教会でいつもマリアの隣に座る、足の長い金髪の少年は、やはり両親と一緒に車で現れた。マリアの片思いの相手、ジョンだ。

「ほんとに素敵な人ね、マリア」

「彼、ポール兄さんと同じでバイオリンの先生についているけど、ポールよりうまいと思っているの」

くみ子は、クスッと笑った。

「なあに、ほんとよ」

「ほら、二人ともぐずぐずしないで、早く乗りなさい」

クーパー夫人が車の中から促した。

十三台ほどの車が、ケント州へ向かっていっせいにスタートした。

ロンドン市街を出ると、辺りの景色はたちまち緩やかな丘が続く、牧歌的な雰囲気を見せる。くみ子はなんだか信じられない気分で、草の生い茂った牧草地や、のんびり寝転んでいる牛の群れをながめた。

「ねえ、マリア、ロンドンのこんな近くに、牧場があるなんて知らなかったわ」

「まあ、認識不足ね。イギリスには高い山があまりない代わりに、美しい丘であふれているの」

マリアは誇らしげに言った。

ケントへは、約二時間のドライブで到着する。持参のお弁当を川べりでにぎやかに食べ終えると、皆、うち揃って牧草地を横切り始めた。

「くみ子、いよいよグーズベリーの宝の山へ登るのよ。ほかの人たちに取り尽くされないうちに、がんばって見つけてね」

「このアリスにまかしておき、マリア。去年の分まで、たんと取りますからね」

アリスは腕まくりをして、張り切っている。くみ子も、籠《かご》をしっかり持ち直した。

「いい、丸くて、黄緑色をした実よ。ちょっとした見えない場所に意外とたくさんあるから気をつけてね」

まるで、ピクニックというより、グーズベリー摘みが目的のような雰囲気になってきた。丈の高い草が山道をおおっている。皆は、それをかき分けるように進んでいった。雲雀が空高く鳴きながら飛んでいる。空には、まったく雲もなく、ほんとうに見事なお天気だ。

「あっ、あったよ。そーら、このアリスの腕は、少しも落ちていませんからね」

ほんとうにたくさんの黄緑色の実が、灌木の下の枝にこぼれんばかりについていた。

マリアに、くみ子に、アリス、それにクーパー夫人まで夢中になって摘み始めた。

「おや、あすこにもありましたよ」

ドロシーは麦わら帽子を押さえながら、あわてて駆けていく。

それはそれはにぎやかなさざめきが、丘の上に広がっていった。

帰る途中、手作りのクッキーと紅茶を出すこぢんまりとしたお店に寄って休んだ。

「ねえ、くみ子、ジョンはわたしに二回もウインクしたの。やっぱりわたしのことを好きなのかしら?」

マリアはうれしさを隠し切れないような顔で、くみ子に耳打ちした。

「さあ、そうだといいけど、もしかしたらグーズベリーが欲しかったからではないの?」

「くみ子の意地悪！」

マリアはわざとすねてみせてから、ぷっと噴き出した。

古びた鉄製の縁飾りのある店の窓から、丘の斜面が広がって見える。赤いポピーの花の一群が、風に吹かれてさわさわと揺らいでいる。

〝スーパーデューパー！〟

くみ子は、そっと口の中で言った。

# 九　さよならパーティーそして荒野

学校は試験を控えて、今まで欠席しがちだった生徒も休まないようになっていた。

くみ子は授業が終わると、学校のキャフェテリアで三十分ほど、イングボルグやモンティセラとおしゃべりをして帰った。

イングボルグは、オーペアをやめたいと言いだしていた。週に三回しか学校へ来られないので、試験に受かりそうもないと言うのだ。

モンティセラは、病人の体を一日八時間も洗う仕事なんて、もうたくさんだわと、愚痴をこぼすことが多くなっていた。

くみ子はクーパー家で暮らすようになってから、英語を話すことが以前よりずっと楽になってきた気がしていた。時々行われるテストも、くみ子がクラスのトップになることが何度か続いた。

マイクは、ある日、

「くみ子、試験には絶対受かるようにがんばれ。いや、今のくみ子なら大丈夫だろう。オーペアもつらい仕事だろうが、何事もくみ子のプラスになるからね」

と、放課後のキャフェテリアで二人きりの時にくみ子に言った。

「はいっ、がんばります」

くみ子は素直にうなずいた。マイクの前にいると、まるで子どものようになってしまう、この頃のくみ子だった。

くみ子は、クーパー夫人のお菓子作りを手伝って、自分でも少しずつ作れるようになっていた。このあいだも、メイおばさんの誕生日に、バラの花と手作りのクッキーをおみやげに持っていって喜ばれた。

マイクが好きなのはショートブレッドというクッキーだと知ると、早速作って学校へ持参した。

「これ、プレゼントです」

皆が教室から出るのを待って、まだ教壇で書きものをしていたマイクの前に、さっとその袋を置いた。

「おっ、ありがとう、くみ子」

マイクはうれしそうに紙袋を開けると、一つ口に入れた。

「うん、うまい！　くみ子の愛情がこもってる」

くみ子は、さっと顔を赤くして、飛び出すように教室を出た。

「愛情だなんて、軽々しく言うもんじゃないわ」

くみ子は、そう呟きながらも、〝愛〟という言葉をそっと反すうしていた。


このあいだの、久保さんの下宿先でのスキヤキパーティーは楽しかった。くみ子の休みの日に合わせて、辻君やロンドンに遊びに来ていた大杉さん、そしてマイクも招待されていた。

その夜は、いつもより話がはずんで、とうとう翌朝まで続いた。

「そういえば、このあいだ、またベルファストで死者が出ましたね」

辻君がりんごをかじりながら言った。

「そうそう、ゲリラが車に爆弾をしかけて、警官が一人死んだわ」

大杉さんも身を乗り出して言った。

「マイク、アイルランド問題は、いったいどうなっているんですか？」

辻君は給料が入ったので、いつもより上等のウィスキーを買ってきていた。少々アルコールがきいてきたのか、ふだんより口数が多くなっている。

「ああ、そのことね」

マイクは、久保さんとちらりと目を交わして言った。

「つまり、二百年以上も前からの領土争奪戦さ。北アイルランドは、イギリスから独立するべきなんだ」

久保さんがきっぱりと言うと、マイクが、

「ある国が、ほかの国を侵略することは、あってはならないだろう？」

と、一人一人に訴えるように言った。

「そりゃ、そうですよね。場合によっては、自分の国の言葉を使えなくなるし」

辻君が、赤ら顔で答えた。

「あら、アイルランド問題は、カトリックとプロテスタントの宗教戦争でもあるんでしょ？」

と、大杉さん。

「そうも言われているが、そもそもイギリスがアイルランドを自国の利益のために併合したことが間違っている。彼らは民族の独立を真に望んでいるだけなのに」

マイクは、怒りを込めて吐き出すように言った。くみ子は、思わずマイクを見た。

「マイク、そのくらいにしておこうよ」

久保さんは、マイクをたしなめるように言って、ウィスキーをマイクのグラスに注いだ。


ケンブリッジ英語力検定の基礎（初級）試験の日がいよいよ近づいてきた。ところが、試験まで一カ月を切ったある日、マイクは突然病気で倒れてしまった。成績のおもわしくない生徒のために、特別レッスンを夜遅くまで続けていたらしい。

海外からわざわざこの試験を目的にやってきて、慣れない外国生活に耐えてがんばっている生徒たち。その全員がパスしてほしいというのが、マイクの口癖だった。

マイクが休んだ翌日、くみ子は居ても立ってもいられずに、モンティセラに言った。

「ねえモンティ、お見舞いに一緒に行かない？　心配なの」

「くみ子一人で行きなさい。その方がマイクも喜ぶわ」

「いやよ、一人じゃ」

くみ子は、マイクと二人だけになるのがなんとなく怖かった。たとえ相手が病気でも。

「じゃ、いいわ。行ってあげる」

モンティセラは、しぶしぶうなずいた。


しかし、翌日、くみ子が待ち合わせの場所で三十分近く待っていても、とうとうモンティセラは現れなかった。

(意地悪なモンティ。でも、どうしようかな)

くみ子はしばらく迷っていたが、思いきって訪ねることにした。

クリスマス・パーティーで一度来ているので、マイクのフラットはすぐ見つかった。

マイクの部屋の前でしばらくためらっていたくみ子は、胸の動悸を抑えるように深呼吸をしてから、ドアを小さくノックした。

「誰?」

弱々しい声が中からした。

「くみ子です」

くみ子は、蚊の鳴くような声で答えた。

ドアがいきなり開いて、マイクがびっくりしたようにくみ子を見た。

「くみ子、君か！」

「ご病気はどうですか？」

くみ子は、ドアの外に立ったまま小さく言った。

「じゃ、また来るから」

部屋の隅の暗がりから、男がいきなりそう言いながら出てきた。

「ああ、あとはまかしてくれたまえ」

マイクが男にうなずいた。男は、くみ子に目礼をすると、急いで外へ出ていった。

（あっ、あのクリスマス・パーティーの夜の男だわ）

「くみ子、うれしいよ。まさか君が来てくれるなんて」

マイクは、くみ子の気をそらすように言った。くみ子も、思っていたより元気そうなマイクの様子にほっとした。

高熱で、二日間ほとんど食事らしい食事もしていなかったというマイクに、くみ子は、持参ののり巻きを差し出した。のりは、手許にあった最後の二枚で、中身はピクルスなどありあわせのものだった。

「おっ、のり巻きじゃないか！」

マイクは、ほんとうにおいしそうに一口ずつかみしめるように食べた。

くみ子はそんなマイクをながめながら、夢中でしゃべっていた。クラスの生徒のこと、
クーパー家のこと。何かの不安から逃れるように、とりとめもなくしゃべり続けた。

マイクは、そんなくみ子をいとおしそうに見ていたが、

「くみ子、ぼくの病気も、君のおかげですっかり治りそうだ。ありがとう。だが、試験
まであとわずかだ。帰って勉強をしなさい。約束したろう、絶対合格するって」

マイクはつとめて冷静に言った。くみ子は、来てからすでに一時間も経っていたこと
に初めて気がつき、立ち上がった。

「あっ、もうこんな時間。帰らなくちゃ。明日は、学校で会えますか？」

「ああ、きっと行くよ」

マイクは、うなずきながらくみ子にほほ笑んだ。

くみ子は、クーパー家に戻ってからも、いい知れない幸福な気持ちに浸っていた。

「くみ子、今日はどうしたの。さっきも鼻歌なんか歌っていたわよね」

マリアが夕食の時、テーブルの下のくみ子の足をわざと蹴って言った。

「なんでもないわ。秘密、秘密」

くみ子は、いたずらっぽくウインクしてみせた。


その翌日、マイクはまだ少し熱っぽい顔をしていたが、元気そうに教室へ入ってきた。そして、いつものボサボサ髪ではなく、まるで理髪店へ行ってきたばかりのようにきれいに整えていた。

「マイク、ほんとうに病気だったの？　あやしいなあ」

アヴドゥが、マイクをからかうように言った。

「君たちの緊張しきった、あわれな姿を見ずにいたから生き返ったのさ」

マイクは、くみ子にそっとうなずきながら答えた。くみ子は、ぽっと顔を赤らめた。

くみ子は心の中に、いつの間にかマイクの存在が、大きく根を下ろしていたことに、あらためて気がついた。勉強をしていても、クーパー夫人の手伝いをしていても、頭の中はマイクのことでいっぱいだった。

「くみ子、ほら、じゃがいもの皮をそれ以上剝《む》いたら、なくなってしまうわ」

クーパー夫人はくみ子に対して、前とは違った思いやりのある言い方をするようになっていた。どんなことがあっても、素直に明るく働き続けるくみ子に、少しずつ娘のような愛情を抱くようになっていたのだ。

「あっ、ごめんなさい」

くみ子は、あわてて次のじゃがいもを手に取った。

「ポールがもうすぐ帰ってくるわ。そうしたら、みんなでコンサートに出かけましょう」

「そうですか……」

くみ子は、上の空で答えていた。


マイクは相変わらず、皆の気持ちをほぐすように、ジョークの多い楽しい授業をしていた。だが病欠から戻って以来、マイクはつとめてくみ子を避けるような行動を取るようになっていた。

放課後、キャフェテリアにも現れず、授業のあい間にくみ子が話しかけようとしてもすっと離れて行ってしまう。

そして、授業中、時々深刻な顔をして、窓の外をながめていたり、ふと気がつくと、くみ子のことを思いつめたように鋭く見つめていたりする。

くみ子の心に、いい知れない不安が広がっていった。

いったいマイクは何を考えているのだろう。見舞いに行った時は、あれほど喜んでくれたのに。

それにしても、マイクを訪ねてくる、あの男は何者なのだろう。大杉さんが言っていた過激な運動というのは？　マイクを包んでいる、謎《なぞ》の部分が、日増しにくみ子の心を重くしていった。

くみ子は次第に、夜も眠れずに過ごす日々が重なっていった。目を赤くして朝のテーブルに着くくみ子を見かねて、ある日、クーパー氏が言った。

「くみ子、試験のことが心配なのか？　それともほかに何か？」

「いいえ、なんでもありません」

「そろそろ、ホームシックかな？　それともクーパー夫人にまたしかられたかね？」

「いいえ」

くみ子は、思わず涙ぐみながら答えた。感情が高ぶっていて、優しくされると、そのまま大声で泣きだしたい衝動にかられてくるのだ。

くみ子はその晩、思いきってマイクに手紙を書くことにした。
『親愛なるマイク
このあいだは、突然あなたを訪ねてしまってすみませんでした。でも、あれ以来、わたしと話をしていただけないのがとてもつらいです。くみ子』
くみ子は一枚の便箋にそう書くと封筒に入れ、翌日の授業が終わった後に、マイクの机にそっと置いて教室を出た。

その夜は、また一睡もできなかった。その翌日の授業が、くみ子は怖かった。果たしてマイクはどんな反応を示すのだろう。

――マイクは、その日一日、くみ子を見ようとしなかった――くみ子は、心の中がずたずたに裂かれるような気がした。

くみ子は、自分の苦しみを誰にも言うことができなかった。その日の夕食の後片付けをやっと終えると、自分の部屋に戻り、ベッドの上に身を投げ出した。そして、息を殺して泣き続けた。

そんな苦しみは、生まれて初めてのことだった。

そして、試験の日がやってきた。

試験が終わると、さよならパーティーを最後に、マイクの授業も終わる。

くみ子は、重い足どりで試験場に向かった。もうどうでもいいような、無気力な気分がくみ子を包んでいた。

と、その時、

「くみ子、ベストを尽くすんだ」

マイクの声が背後から突然聞こえた。

くみ子が急いで振り向くと、廊下の隅で、マイクがくみ子を案ずるように見送っていた。

「マイクッ！」

くみ子は、心の中で叫んだ。

くみ子の沈んでいた心が、たちまち陽の光に包まれたように明るくなった。

くみ子はその日、できるだけの力を試験に注ぐことができた。

（試験が終わったら、マイクのフラットを訪ねよう）

くみ子は決心していた。

ペーパーテストも、試験官の口頭試問も無事に終わり、くみ子はイングボルグやモンティセラとのおしゃべりもそこそこに、学校を出た。

マイクがまだ帰っていなかったら、そのまま夜まで待っていようと思いながら、くみ子はベーカーストリートを歩いていった。しかし、マイクは帰宅していた。まるで、くみ子が訪ねてくるのを予想してでもいたようにドアを開けた。

「くみ子、試験はどうだった？」

マイクは紅茶のカップをくみ子に渡しながら、何かほかのことを言いあぐねるように聞いた。

「思ったより、易しかった気がします」

「そうか。この一年、よくがんばってきたからね。口頭試問では、何を聞かれたんだい？」

「一般的なことから、日本の文学の話まで広がりました」

「そうか……」

「マイク……」

「うん？」

「そんなことより、お聞きしたいことが――」

くみ子は、マイクの横顔をじっと見つめながら言った。

「くみ子、わたしも君に話すことがある」

マイクは、くみ子が言いだすのをさえぎるように、くみ子の方へ向き直った。

「ぼくたちは、これ以上会わないことにしよう。君は日本へ帰る人だ」

くみ子の顔からさっと血の気がひいた。

「どうしてですか。わたしはずっとこのままイギリスにいます。ここで亡くなった、おじさんのように……」

「いやいけない。外国で暮らすことが、どんなに厳しいことか、君も分かっているだろう」

マイクは、怒ったようにくみ子に言った。

「どうしてですか。わたしは、マイク、あなたのいるこのロンドンに……」

「ぼくは、もうすぐロンドンを去る！」

「うそです！」

「いや、うそじゃない」

マイクは、心を決めたように静かに言った。

「くみ子、ぼくは君のことを……。いや、くみ子、ぼくは君を大切に思っている。だが、ぼくにはやらなければならないことがある」

「やらなければ？」

「そうだ」

「いったいそれは、なんなのですか？」

くみ子は、絶望感に打ちひしがれながら聞いた。

「くみ子は北アイルランド問題のことを知っているね。ぼくは、生粋のアイリッシュだ。アイルランド統一運動のために、ずっと活動をしてきている。このあいだも仲間の一人が、ベルファストの内戦で死んだ。このところ、戦いはずっと激しくなってきている。いつぼくも、そういう運命になるか分からない。

久保は以前からこの問題に興味を持っていたらしい。イギリスへ来たのもその目的があったからだという。久保は、ぼくたちの考え方に共鳴して、ずっとぼくたちを助けてくれていた。日本人ということで動きやすい利点があったし。しかし、今、彼は留置施設に留め置かれているよ。いや、大した容疑ではない。ま、彼の場合は、すぐ出られるだろう」

くみ子の背中に、さっと冷たいものが走った。

久保さんは、このところずっと欠席していたから、また日本の雑誌社の依頼で取材旅行をしているのかと軽く考えていた。

マイクのことは、大杉さんに忠告されたり、マイクたちの様子でうすうす気づいていたが、そんな危険性をはらんだ運動にかかわっていたとは夢にも考えていなかった。

北アイルランド問題は、毎日のように新聞やテレビで放送されていた。汽車が爆破されて死者が出たり、警官が殺されたりと、この半年で急激にその戦いはエスカレートしているようだった。

でも、日本人のくみ子にとって、それは身近に聞きながらも遠い出来事だった。それが今、大きな現実として、突然くみ子にのしかかってきた。

「そんな危ないことはやめてください！」

くみ子は、思わず強い口調で言った。

「いや、それはできない。そんな簡単なことじゃないんだ。ぼくも、事態がこれほど悪くなるとは予想していなかった。それに、もっと大切なことを言わなければならない……」

マイクは、しばらく言いあぐねていたが、心を決めたように一冊の日本語の辞書を取り出し、その扉のページをくみ子に見せた。

『愛するマイクへ。まさるより』

「この男とは、日本で知り合ったんだ」

くみ子の顔から血の気がひいた。

マイクに対する懸念の一つが、このことだった。

もしかして、マイクはゲイなのではないかという思いも、くみ子の心に恐れのようにあった。

メイおばさんの下宿人の一人もそうだった。年中恋人から電話がかかってくるので、「ホットライン」というニックネームがあった。

「ぼくは、心では女性を愛せるが、結婚することはできないんだ。三島由紀夫の『禁色』は、読んだことがあるかい？　あの小説に出てくる青年とはまったく逆なんだ」

「『禁色』？……」

「ぼくは昔、サンセバスチャンで六カ月過ごしたことがある。〝奇跡が起きる〟と言われているスペイン北部の町なんだ。どうにか、こんな自分を変えたいと思ってね。若い頃は、聖職者になるつもりだった。でも、何も変わらなかった。何も！　そして、信仰も捨てた！」

くみ子は、話し続けるマイクをただぼうっと見つめていた。

「クラスの中の京都出身の生徒、あいつは魅力的だったよね。ぼくは百人の男と関係を持ちたいよ！」

マイクが自分をあざ笑うように投げやりに言った。

「やめてください！　もう、聞きたくない！」

くみ子は、耳を押さえて叫んだ。そして、わっと泣きだした。涙がとめどなく頬《ほお》を伝わった。

「くみ子……」

泣き続けるくみ子を、マイクは悲しそうに見つめていた。

「ハラキリするなよ、くみ子……」

「ハラキリ……なぜこんな時もそんな言い方をするの――」

くみ子は、怒りに似た感情を覚えた。そして、はらはらと涙を流し続けた。

「くみ子、君に会えて良かった。ぼくは幸福だった。こんなに心から女性を愛することができたんだ。日本へまた行けると思っていたが、それもだめだろう。君は、自分の国でしっかり生きていくんだ。さあ、これ以上、ここにいてはいけない」

マイクは感情を押し殺すように、つとめて冷静に言った。そして、そのまま一言も言わずに、ドアを開けた。

「マイク！」

くみ子はすがるように言ったが、マイクはただ首を横に振るだけだった。

くみ子は、頭の中が空っぽになったようで何も考えることができなかった。

どこをどうやって帰ったのか、まったく覚えていなかった。その夜、クーパー家に戻った時は、古時計の針がすでに十二時を指していた。


数日後さよならパーティーが始まった。

くみ子は、モンティセラとイングボルグに支えられるようにして立っていた。

「くみ子、勉強のしすぎよ。その青白い顔を帰国するまでに、もとに戻さなければね」

モンティセラは、ボーイフレンドのフラットに引っ越し、いよいよ生活を共にすることにしたという。

イングボルグは、ドイツに帰って、あらためて大学入試の準備にかかるという。司祭への思いは、心の中にそっとしまうことにすると、くみ子に言った。

アヴドゥとおしゃべりしている辻君は、ヨーロッパをヒッチハイクで一巡りしてから日本へ帰国するという。

「大学へ戻るよ。小説を書きたいけど、教師になってもいいと思い始めたんだ。マイクみたいなね」

辻君がぽつりと言った。

「マイクを見て、今日は素敵よ！」

イングボルグが、びっくりしたように二人に言った。

教師たちにまざって、会場に現れたマイクは、淡い茶色の三つ揃いのスーツを着て立っている。

「ほんと、ほんと。マイクって、こんなにハンサムだったかしら？」

モンティセラが、からかうようにくみ子に言った。

パーティーが始まった。歌やダンスのあい間に、司会者が教師たちのあいだを回ってインタビューをしていく。マイクの番がやってきた。

「今日は、みんなに礼を言いたいんだ」

いつものマイクとは違った緊張した声に、ふと会場が静かになった。

「ぼくは、教師生活を長くしていて、ほんとうにさまざまなことを逆にみんなから教えてもらった。わたしたちは、国は違っても同じ仲間だ。この一年、一緒に教室で学んだ君たちの方が、それは十分感じとったと思う。皆がまた国へ戻った時、その思いを友人や知人に伝えてくれ。そして、この地球に真の友情の輪が広がっていくように、君たちのできることから始めてほしい。どんな小さな力でも、集まれば偉大な力へとつながっていく……」

マイクが話し終えると、大きな拍手が会場中に鳴り響いた。

「マイク、今日はカッコイイゾー」

――マイク！　マイク！――という声が広がっていった。

くみ子は、ふいに立ち上がると会場の出口へ走りだした。

「くみ子、どうしたの？！」

モンティセラと、イングボルグが同時に叫んだ。

マイクは、その日、学校を去った。そして二度と、くみ子の前に姿を現さなかった。アイルランドへ出発したことを、釈放されてロンドンに戻った久保さんが、後で教えてくれた。


くみ子は、日本へ帰る日取りを決めた。そして、その前にヒースの荒野を見にヨークシャーへ行く計画も立てた。新人歌手の仲間入りができたジュリーから、誘いの手紙が来ていた。

くみ子は、泣きあかした数日間の後、イギリスへやってきた最初の小さな目的を懐かしく思い出した。

くみ子は、今、くみ子の心の中全部が、荒野におおわれているような気がしていた。でもまた、その荒れ果てた地に、小さな白いヒースの花を咲かせることも、いつかしなければならないのだろうとも思い始めていた。

完

# あとがき

　ある日、電話の向こうから、「『メイおばさんの家』の作者の、青山さんでしょうか？」と、突然聞こえてきました。

　約四十年前、「こじか」という冊子に、童話として連載したお話のことだと一瞬の間を置いて気がつきました。

「国会図書館で見つけたのですが――」と続けて話しかけてきました。

　わたしはその時、〝まるで亡霊のような電話。なぜ今頃？〟と、思わず電話を切りました。「物語を書く」はとっくの昔に終わったことと思っていたからです。

　でもその数カ月後、『赤毛のアン』の誕生の地、カナダのプリンスエドワード島を巡るうちに、もう一度ペンを執ろうかという思いが強くなり、この度の出版となりました。

　童話としてではなく、ハイティーン向けに創作し直した、わたしのイギリスでのさまざまな人々との出会いをいわばメモリアルとして。

群馬県のある山裾で生まれ育ったわたしは、幼少の頃、『赤毛のアン』や、『フランダースの犬』で読書の楽しさを知りました。

満州（中国東北部）や戦地から引き揚げてきた両親のもとで、悩み多き十代を過ごしているうちに、ヘルマン・ヘッセや中原中也を愛する文学少女になっていきました。

そして、いつか物語を書くことが、大きな夢と目標になりました。

二十三歳でイギリスへ語学留学しました。

二十五歳で帰国し、『留学の詩《うた》』という詩集を出版しました。その本が縁となり、日本児童文芸家協会に入会しました。

その会の先輩方にお声をかけていただき、「ななくさの会」を結成し、児童文学創作の研鑽をさせていただきました。

そして、オリエンス宗教研究所発行の「こじか」に連載のお話や、博文館発行の「小学生日記」に短編を書かせていただきました。

二〇一一年四月に出版しました『「命のバトン」私の「まだ、まにあうのなら」―福島原発の事故を受けて―』は、多くの方々の手に渡り、韓国語に翻訳したものを韓国のとある生協の方々にも読んでいただきました。でも、日本の原発政策はまったく変わらず、ドイツやベトナムなどほかの国々が廃炉に向かっているのに、いまだに稼働させようとしています。第二のフクシマが起きないためにも諦めずに声を上げ続けていきたいと思っています。

七十代になり、体力も気力もおとろえてきておりますが、まだまだ自分のやりたいことはやっていいのだと、シャンソンのレジェンド、ジョルジュ・ムスタキの名曲「生きる時代」を歌いながら思っているこの頃です。

※参考文献
『イギリス・ジョーク集』船戸英夫訳編　実業之日本社

**著者プロフィール**
**青山 玲子**（あおやま れいこ）

1947年　群馬県に生まれる
1972年　『留学の詩《うた》』を出版（私家版）

日本児童文芸家協会の「児童文芸」誌、オリエンス宗教研究所「こじか」（1975〜1988年）、博文館「小学生日記」（1980〜1983年）、小学館「小6教育技術」（1991〜1992年）に童話やエッセイを掲載

―旅の履歴―
●20歳、日本YMCA同盟主催「アメリカ英語研修旅行」で50日間、アメリカ各地を巡る
●23歳、イギリスのロンドンへ語学留学。夏休みを利用して、ギリシャからデンマークまで1カ月間、ヨーロッパを旅する
●32歳、インドのマザー・テレサの施設を訪問。マザー・テレサより祝福を受く
●結婚後、オーストラリアのタスマニア島、ベトナム（ドクさんの職場訪問）、中国の万里の長城、韓国、60年間あこがれていた「赤毛のアン」の誕生の地、カナダのプリンスエドワード島を巡る

# くみ子inロンドン

2021年5月15日　初版第1刷発行

著　者　青山 玲子
発行者　瓜谷 綱延
発行所　株式会社文芸社
〒160-0022　東京都新宿区新宿1－10－1
電話　03-5369-3060（代表）
03-5369-2299（販売）

印刷所　株式会社平河工業社

©AOYAMA Reiko 2021 Printed in Japan
乱丁本・落丁本はお手数ですが小社販売部宛にお送りください。

送料小社負担にてお取り替えいたします。

本書の一部、あるいは全部を無断で複写・複製・転載・放映、データ配信することは、法律で認められた場合を除き、著作権の侵害となります。

ISBN978-4-286-22628-6